新 潮 文 庫

ま た あ お う

畠 中　恵 著

新 潮 社 版

11528

目次

挿画　柴田ゆう

またあおう

長崎屋あれこれ
薬種

1

日の本に、江戸という町があり、お侍が闊歩《かっぽ》していた頃のことです。

江戸でも賑《にぎ》やかな通町《とおりちょう》の一角に、長崎屋《ながさきや》という名の、廻船問屋《かいせんどんや》兼薬種《やくしゅ》問屋がありまして。

主《あるじ》夫婦は藤兵衛《とうべえ》、おたえと言い、店は跡取り息子である、この私、一太郎《いちたろう》が継ぐと決まっております。ええ、長崎屋は一見、通町に多くある他の大店《おおだな》と、同じような店だと思われているのです。

私が寝起きしている、長崎屋の離れも、縁側があって、襖《ふすま》で畳の部屋が仕切られている、よく見かける間取りです。長火鉢などが置いてあり、皆と同じように、布団《ふとん》を敷いて寝起きしているわけです。

ただ、しかし。

正直に言えば、長崎屋は他と少々……大分、違っているんですよ。何が違うのかといいますとね。

実は、私の祖父である先代長崎屋は、人ならぬ者を妻にしておりました。おぎんという名の祖母は、皮衣《かわごろも》という別の名も持っており、齢《よわい》三千年の妖狐《ようこ》なのです。おかげで、祖母の血を引いた母おたえには、少々変わったところがあるようです。母はでもまあ大店のおかみなので、他の人とは違いましても、困る事はないようで。このお江戸で、並に暮らしております。

そして、祖母の血が流れているためか、この一太郎も、妖《あやかし》と縁がありまして。私が暮らす離れには、常ならぬ者達が日々、大勢集っております。今、私の足下で、「きゅい」「きゅわ」と鳴いている、鳴家《やなり》という小《こ》鬼《おに》のような者達が巣くっているわけです。

まず私の兄《にい》や二人からして、犬神《いぬがみ》と白沢《はくたく》という、人ならぬ者達でして。

碁相手は、器物が百年の時を経て妖と化した付喪《つくも》神《がみ》、屏風《びょうぶ》のぞきであったりします。

悪夢を食べる獏《ばく》は、場久《ばきゅう》と名乗って噺家《はなしか》を称し、私の持ち家で暮らしております。猫又《ねこまた》のおしろも同じ屋で、三味線を教えておりますね。そうだ、何とうちには貧乏神まで来てるんですよ。金次《きんじ》と言います。近くの神社にある鈴は、今、付喪神の鈴彦姫《すずひこひめ》を名乗り、よく長崎屋へ来ています。

ええ、こうして改めて書き出しますと、長崎屋の離れがいかに常とは違うか、ようく分かりますね。

でもね。うちには妖達が、いつもいるでしょう？　だから他の、今とは違う暮らしって、私にはもう、よく分からなかったりするんですよ。

おや、庭に面した障子戸が開いて、妖狐達が離れへ顔を出してきました。いけない、言うことを忘れてましたが、長崎屋の庭には、小さな稲荷《いなり》神社がありまして。そこに、母のおたえを守っている妖狐、守狐《もりぎつね》達が沢山いるんです。皆しっぽが、ふさふさしております。

「若だんな、長崎屋の妖を語ってるんですか。なら、私らを忘れちゃいけません。若だんなが生まれる前から、長崎屋にいるんですよ」

「ごめんなさい。守狐達には、いつも助けてもらってるのにね。ありがとうね」

「ふふ、若だんなの気持ちは分かってますから、まあ、気にしないでください」

守狐達は笑うと、ここで、思いもしなかったことを言ってきました。

「それでね、若だんな。長崎屋の皆のことを話すんなら、ただ、どんな者なのか書き並べるより、分かりやすいやり方があると思うんですよ。で、そいつを言いにきました」

「おや、どうやるんだい？」

「例えば、です。○○は、菓子が好きだと説明をするより、大福を一つ、離れに置いたらどうなるか、それを語った方が早いってもんで」

　何をしたら、長崎屋縁《ゆかり》の誰がどう立ち回るか。そういうことを示せば、一遍に皆のことが分かると、狐達は言ってきたのです。

「ちなみに、こんなに役立つことを、若だんなへ伝えられる守狐というのは、実に素晴らしい妖です。ほら、訳を説明しなくとも、あたしら守狐の立派さが、大勢に分かるでしょう？」

「なるほど。うん、守狐は凄《すご》いと思う」

　納得し、では守狐達が言うように、妖達へ菓子でもあげてみようかと思ったら、事はすんなり運びませんでした。小鬼らは、火鉢であぶっていた大福へ、とうに手を伸ばしてたんです。

　そしてお菓子の件は、思わぬ方へと転がっていきました。妖達は大福で、大騒ぎを引き起こしてしまったんですよ。

2

長崎屋の離れで、若だんなが大福を焼き始めた時、鳴家達は影の内から現れ、お八つの時が来たと深く頷《うなず》いた。離れは鳴家達の縄張りであり、そこにあるお菓子は、小鬼が食べてもいいものだと思っているからだ。

「きゅい、大福、好き」

ところがだ。若だんなと守狐が話している間に、最初の一つがこんがり焼けたので、小さな手で摑《つか》もうとしたところ、大福は火鉢の上になかった。別の手が摑み、さっさと食べてしまっていたのだ。

「きゅんげーっ、屛風のぞき、何するっ。大福、鳴家のっ」

「うるさいな、この離れが建った時から、ここに居るのはおまえさん達だけじゃない。あたしもずっと、いたんだよ」

つまり長崎屋の離れは、屛風のぞきの陣だともいえるのだ。

「だから部屋にある菓子は、あたしが食べてもいいのさ。分かったか？」

「きゅべーっ、分からないっ」

小鬼達が、いっせいに屏風のぞきに嚙《か》みつく。小鬼達は小さいが、何しろ数が多いので、大喧嘩《おおげんか》となってしまった。

すると猫又のおしろと貧乏神の金次が、火鉢の横に座り、ゆったりと他の大福を焼き始めた。貧乏神は派手な喧嘩を眺めつつ、苦笑を浮かべている。

「ここにある菓子が、誰のものかと言うと、だな。そりゃ離れの主、若だんなのもんだろうさ」

ただし菓子の行先を決めるのは、菓子を、一つ食べるにも苦労している若だんなではない。間違いなく仁吉《にきち》と佐助《さすけ》という、二人の兄や達であった。長崎屋の離れは、誰がなんと言おうと、兄や達が仕切っているのだ。

「となると、この大福は、喧嘩に勝った者のものじゃなく、兄やさん達を喜ばせた者のもんだな。ならば、こう言った方の勝ちだわさ」

貧乏神は、骨だけになったかかしのような腕を振ると、若だんなへ声を掛けた。

「なあ若だんな。おまえさんが一個も食べてない内に、妖が全部平らげたら、兄やさん達が怒っちまう。せめて半分でもいいから、焼いた大福、食べてくれないか」

「あ、そうか。私が食べないと、仁吉達が心配するものね」

若だんなが、熱々の大福を一つ手にしたので、金次とおしろ、それに守狐達が、残りをさっさと平らげた。よって、数の力で屏風のぞきに勝った鳴家が、勝利の雄叫《おたけ》びを上げたときには、火鉢の焼き網の上には、一つも残っていなかったのだ。

「きょんげーっ、鳴家、泣く。かわいそうっ」

結局、鳴家達は若だんなから、大福を半分分けてもらい、皆で、ほんの一口ずつ食べた。屏風のぞきには、欠片《かけら》も渡さなかった。

そしてこの顚末《てんまつ》を見た守狐達は、長崎屋の面々のことがよく分かったと、あれこれ言い表していったのだ。

「鳴家達は、全員食いしん坊ですな」

「屏風のぞきは、お間抜けだねえ」

いい奴《やつ》ではあるが、阿呆《あほう》でもあると言ったものだから、屏風のぞきが手近にいた守狐の尾から、毛を引っこ抜いた。

「痛い。止《や》めないと、屏風を水へ放り込むよ」

途端、本体が紙で出来ている付喪神は、大人しくなる。守狐達は、大きく頷いた。

「よしよし。じゃあ、続きだ。金次はさすがに、貧乏神だな。何事にも上手《うま》く立ち回れるよ。そして……時々怖いよね」

「おしろは目立たないけど、結構いつも、役に立ってますよね。若だんなのことを、よく看病してますし」

妖狐達は好き勝手に話したあげく、己達の言葉に納得し、満足げに頷く。すると金次が、横から一言付け足した。

「守狐達は、頭は良いが、いささか威張りんぼうだな。だから昔話じゃ、狐には良い役回りが来なかったりするんだぞ」

「えっ？　昔話の役どころって、大切なのか？」

「きゅい、わかんない」

皆が首を傾《かし》げ、それぞれが勝手な考えを言い出した。大福の話は、そうやって終わっていったのだ。

3

その後若だんなは、長崎屋の皆についてもっと深く考えるため、毎日の出来事を話してみることにした。

「その方が、色々分かって良さそうだから」

ついでに、妖同士の力関係も分かるというと、小鬼が頷く。

「きゅい、鳴家がいっちばん！」

それで若だんなは、また一つ試して、皆がどう動くか見てみることにした。ただ、守狐へその試みを言ってみた途端、後悔することになった。

「守狐、例えば私が、凄く具合が悪いって、言ってみるのはどうだろう。病になったとき、今までも周りから、大げさに騒がれてきた。兄や達が心配性だってこと、よく分かるかも」

「若だんな、病になったなんて言ったら、分厚い夜着を着せられ、布団にくくりつけられちまいますよ。熱を出した訳でもないのに、寝付くのはお嫌でしょう？」

「うん、それは勘弁だ。そうか、その手は使っちゃいけないみたいだね」

若だんなが苦笑を浮かべた、その時だ。廻船問屋と薬種問屋、二軒の店で働いていたはずの兄や達が、何故《なぜ》だか顔を引きつらせ、離れへ飛んできたのだ。

「若だんな、具合が悪くなったんですって？」

「へっ？　仁吉、佐助、二人とも、店表にいたんじゃなかったの？　心配しないで。私はこの通り、元気にしてるから」

「若だんながずっと元気であったことなんて、今までなかったじゃないですか。そして先に寝込んでから、もう一ヶ月も経《た》ってます」

そろそろ高熱を出し、薬も受け付けないほど胃の腑《ふ》を痛め、兄や達を心配させる頃合いに違いない。二人はそう言ってきたのだ。

「あの、病に頃合いってあるの？」

若だんなが真剣に悩んでいる間に、仁吉と佐助は、さっさと動いた。佐助が若だんなを肩に担《かつ》ぎ上げると、仁吉が手妻のような早さで布団と夜着を用意し、若だんなを間に挟む。

そして今日は、若だんなが起き上がったりしないよう、更に四枚ほどの夜着を上から掛けてきたから、若だんなは苦しげな声を上げることになった。

「仁吉……重いんだけど」

するとだ。ここで思わぬ方へ話が転がった。若だんなを案じることにかけては、兄や達に勝るとも劣らない父親藤兵衛が、何故だか離れへ、息子の様子を見にやってきたのだ。

「一太郎や、美味《おい》しい羊羹《ようかん》を頂いたんだよ。今日は食べられそうかい？　調子が悪いとか、ないだろうね？」

「あの、その、私は大丈夫ですよ」

「おや？　なんと一太郎、昼間から布団で寝ているなんて、どうしたんだい？　また、具合が悪くなったんだね！」

「おとっつぁん、違いますってば」

守狐が人に化け、慌《あわ》てて藤兵衛をなだめようとしたが、父親は既に止まらなくなっていた。羊羹を放り出すと、大急ぎで母屋へ戻ってゆき、若だんなをいつも診ている医者、源信《げんしん》を呼べと、大声を出したのだ。

若だんなは離れの布団の中から、守狐達を見つめることになった。

「大騒ぎに、なっちゃったね。止められなかった」

仁吉を見れば、離れで必死に、とっておきの薬湯を作っている。

（きっと、それはそれは濃い、一服だね）

佐助はどこに行ったのかと、屏風のぞきに問うたところ、源信を一刻も早く連れてくるため、走って出て行ったらしい。

守狐が、ため息を漏らした。

「若だんな、こりゃしばらく、寝ているしかないですね、熱がないと言っても、旦那《だんな》様も兄やさん達も、納得しそうもないですわ」

それでも今回は、まだおたえが出てきていない。

「おたえ様まで心配を始めたら、若だんなは当分、布団から出られません。だから腹をくって寝て、この辺で騒ぎを食い止めましょう」

「そ、そうだよね。おっかさんは心配が過ぎる事があるもの。巻き込んじゃいけないよね」

おたえが離れへ来ないよう、力を貸してもらえないかと、若だんなが猫又のおしろや金次らへ声を掛けてみる。しかし、どちらも藤兵衛が持ってきた羊羹を口一杯に入れており、返事もできないでいた。

「じゃあ……屛風のぞき、おまえさんに、おっかさんを止めてもらおうかな」

だが屛風のぞきはここで、きっぱり首を横に振ったのだ。

「悪い、若だんな。あたしにはそんなこと、できないと思うんだ」

「えっ、なんで？」

「おたえ様、もう離れへ来ちまってるから」

妖がそう言った、まさにその時。おたえが障子戸を開け、若だんなは泣きそうになってしまった。母親は藤兵衛と一緒に来ており、若だんなが大病になったと、涙を浮かべていたのだ。

守狐達は、首を横に振った。

「若だんな、もう大病ではないといっても、誰も承知しませんな」

残る方法はただ一つ。若だんなが十日ほど、大人しく寝ていることのみだと、狐達は言い切った。何故だか、寝ていなければならない日の数が、増えていく。

「薬湯を、何度も飲むことになるでしょうが、諦《あきら》めるしかございません。でも、ま、いつもよりは早めに床を払えますよ」

最近、若だんなが十日で床上げすることなど、まずないからと言い、守狐達は頷いている。

「なんでこんなことに、なったんだろう」

若だんなは、深いため息を漏らした。そして、身にしみて分かった事があった。

「兄や達は二人とも、恐ろしいほど心配屋なんだ。うん、滅多にないくらいだ」

若だんなのことになると、普段の落ち着いたところが、天竺《てんじく》の果てまで吹っ飛んでしまうのだ。そしてと、今度は守狐達が後を続ける。

「藤兵衛旦那とおたえ様も、兄やさん達と一緒ですね。いや親御方は我らと違い、子に遠慮がないぶん、若だんなはもっと大変かなと」

つまり、そんな親と兄や達、両方が心配し始めたので、今日の大騒ぎは収まりがつかなくなったというわけだ。

その時、一心不乱に薬を作っていた仁吉が、嬉《うれ》しげな声を上げた。そして、盆に椀《わん》を載せ、若だんなへ差し出してくる。

「若だんな、とっておきの一服が出来ました。さあ、飲んでください」

「……やっぱり、ものすごく苦そうだ」

ぼやいたが、何を言っても後の祭りであった。若だんなは腹を決めて薬湯を手に取ると、一気に飲み込んだ。そして……胃の腑がひっくり返った気がしてきたので、寝ていることが苦ではなくなった。

4

大福の騒ぎで、小鬼達など、長崎屋に巣くっている妖達のことが分かってきた。

若だんなの病の件により、兄や達と二親のことが、いささか語られた。

そして、若だんなが病でもないのに寝ていると、三日後、次なる知り人を語る機会が訪れてきた。

江戸でも高名な寺、広徳寺《こうとくじ》の高僧寛朝《かんちょう》が、長崎屋へ顔を見せてきたのだ。今日は、長崎屋の皆も馴染《なじ》んでいる弟子、秋英《しゅうえい》も伴っている。そして今日の秋英は、何やら不機嫌であった。

「寛朝様、秋英さん、若だんなの見舞いに来て下さるとは、ありがとうございます」

佐助が弟子の不機嫌に気づかぬ振りをし、分厚く切った加須底羅《かすてら》を、濃い茶と共に出してくれたので、座がなごむ。ただそれを見て、寛朝達が手を付けるより早く、鳴家達が集まってきてしまった。それで若だんなは慌てて起き上がると、自分の分を半分ばかり、小鬼達へ切り分けて渡したのだ。

すると、後の半分は若だんなが食べると分かったからか、佐助は機嫌良く、もう一切れ皿に載せてくる。寛朝は加須底羅を食べつつ、にこやかに笑った。

「おや若だんな、病と聞いていたのに、今日は菓子を食べられるようだな。それは重《ちょう》畳《じょう》」

加須底羅が行き渡らなかった小鬼が、小さな手を差し出してきたので、妖を見る事のできる寛朝は、笑って自分の菓子を分けている。佐助がお代わりを皆の皿に載せた途端、新たな小鬼達が僧衣の膝《ひざ》へ登っていった。

若だんなはその間に、二つ目の加須底羅を、部屋に立ててある屏風の方へ差し出し、付喪神の屏風のぞきに受け取ってもらった。そうやって皆、楽しくお八つを食べることになったのだ。

ただ、それでもなお、不機嫌がなおらない者がいた。いつもきちんとしている広徳寺の僧、秋英だ。

「あの、秋英さん、今日はどうかされたんですか？」

若だんなと小鬼が、加須底羅を食べつつ首を傾げる。すると真面目《まじめ》な若い僧は、師の寛朝を見てから、大きく息を吐いた。

「私に変わったことはございません。またもや、大いに頭の痛いことをして下さったのは、我が師、寛朝様です」

おまけに、だ。今回の無謀には、他にも関わった御仁がいたと、秋英は眉間《みけん》に皺《しわ》を寄せつつ言う。

「何と、寛永寺《かんえいじ》の寿真《じゅしん》様です。寛朝様ときたら、名僧寿真様に、無茶をさせてしまって」

それを聞いた寛朝が、大いに顔をしかめた。

「おいおい、秋英。わしが寿真殿を、伽藍《がらん》の屋根へ登らせたわけではないぞ。あの御仁は前から、寛永寺の屋根で一杯やるのがお好きなのだ」

大伽藍の上で、月を眺めつつ一杯やると、寿真の所へ持ち込まれてくる浮き世のしがらみから、解き放たれる気がするのだそうだ。すると、先日それを耳にした寛朝は、大層羨《うらや》ましがった。

「そうと聞いてはこの寛朝も、屋根に登らずにはおれん。で、昨日寿真殿と一緒に、屋根で一杯やったのだ」

天上から、天女の楽の音が聞こえてくる心地がして、それは素晴らしい一時となったらしい。

ただ。

「大いに般若湯《はんにゃとう》が美味《うま》かったものだから、つい、飲み過ぎてな。屋根から降りるとき……わしは足を滑らせてしまったのだ」

秋英は、溜息《ためいき》を漏らした。

「私は寛朝様のお供をして、寛永寺へ行っておりました。伽藍の下で師を案じていたところ、屋根から突然、師が落ちてきたのです」

その時秋英は、師を失ったと思ったらしい。ただ、同じく伽藍の下で待っていた、寿真の弟子黒羽《くろは》は、天狗《てんぐ》が人に化けた者であった。よって常ならぬ力を示し、寺の大屋根から転げ落ちてきた寛朝を、見事に受け止めたという。

「いやあ、大した力であった。わしは、かすり傷一つ負わなかったわ」

だがしかし。その後、江戸でも名を知られた名僧二人は、揃《そろ》って、それぞれの弟子から叱《しか》られることになった。寛朝など、秋英から叱られ慣れていたが、寿真はその日初めて、今まで大人しかった弟子、黒羽からこってり叱られたのだ。

「寛朝様は、江戸でも知られた高僧で、妖封じがお出来になる数少ない僧の一人です。その上、寺が金に困らぬようにできる、広徳寺の支柱とも言える御坊だと、黒羽殿は言ったのですよ」

そんな御仁が、突然屋根から落ちて亡《な》くなったら、広徳寺は大騒ぎになる。寺が困り、揺らぐのだ。

「そうなったら、寿真様はどう責任を取られるおつもりだったのか。黒羽にびしりと問われ、寿真様は酔いを吹っ飛ばしておられました」

飛べなくなり、天狗として生きられなくなっていた黒羽は、救ってくれた己の師を、日頃それは敬い、大切にしていた。その弟子が、怖い顔をして怒ったものだから、寿真は寛永寺で、いつにないほど身を小さくし謝っていたという。

よって秋英も、気合いを入れて寛朝へ怒った。己の師が屋根から落ちるという、本当に情けないことをしたせいで、寿真が謝ることになったからだ。

「昨日から、二十三回は寛朝様を怒っております。夜、阿形《あぎょう》と吽形《うんぎょう》の狛犬《こまいぬ》達が、広徳寺の庭を歩いておりましたが、その声を聞いて、びっくりしてましたよ」

「ひゃひゃっ、寛永寺の屋根から落ちたか。そりゃ寛朝様が悪いわな」

いつの間に現れたのか、貧乏神の金次がそう言い切り、集っていた妖達も笑い出す。

「しかし坊様方は、物好きだ。屋根で般若湯を一杯やるのが、どうして好きなのかね。ひゃひゃっ、伽藍の天辺《てっぺん》は寒いだろうに」

「それがな……長崎屋であれば、話しても構わんよな？　実は昨日、寿真殿とわしは、寺では堂々と食べられないつまみを、屋根で楽しんでいたのだ」

「は？　寛朝様、その話は初めて聞きますが」

「だってな、言ったら秋英はまた、怒るだろうが」

「そうですね、もう怒っております」

寛朝はしゅんとしたものの、しかし黙りもせずに語ってゆく。

「弟子黒羽の友である天狗は、寿真殿へ時々、般若湯を届けにくるのだそうな。そして先日は、長崎から訪ねて来たという天狗の土産、からすみも一緒に持ってきたとか」

長崎のからすみといえば、その名を知られた珍味で、実は寿真の大好物だという。

「ただ、精進物ではないゆえ、僧の身で好きだとは、大っぴらには言えぬ」

それで、大屋根へ登ったときの、酒のつまみにしていたのだ。

「値の張るものらしいので、二人で薄切りにし、少しずつ食べた。わしは初めてだったが、般若湯にぴったりであった」

周りに遮るもののない、大伽藍の屋根で食べたからすみは、まるで薬のごとく、総身に力を湧《わ》かせるものであったという。

「寿真殿は、時々屋根へ登るが、その若さの訳が分かったような気がしたぞ」

寛朝がそう話した途端、兄や達は話を妙な方へ逸《そ》らしていった。

「からすみが、そうも良き薬になるとは、知りませんでした。若だんなに食べて頂かなくては。うちの店の船を長崎へやった帰りに、買ってきてもらいましょう」

若だんなは笑って、では届いたら寛朝や寿真のところへも、そっと届けようと口にする。寛朝は、それは嬉しそうに笑った。

「寿真殿にも届けてもらえるなら、ありがたいことだ。今回、わしが屋根から落ちたので、寿真殿が、黒羽から叱られてしまった。申し訳ないと思っておったのだ」

しかし寛朝には、謝ることしかできないでいる。からすみを届ければ、寿真は屋根でまた楽しめる。叱られた憂さも晴らせようと、寛朝は頷いた。

すると、佐助がここで首を傾げる。

「でも寿真様は、長崎屋が届けたからすみを、食べられるでしょうか」

また屋根へ登ると言っても、黒羽殿が止めるのではないかと、佐助は言ったのだ。

寛朝が落ちれば、広徳寺が大騒ぎとなる。一方、名僧寿真が落ちたら、寛永寺が揺らぐからだ。

しかし若だんなは、大丈夫だろうと笑った。

「黒羽さんは確かに、師を心配するだろうね。だからさ、寿真様は、また屋根へ登りたくなったら、今度は黒羽さんを誘うと思う」

「おや」

秋英が、目を見張り、そしてつぶやく。

「そうですね……一緒に飲もうと寿真様から誘われたら、黒羽さんは断れないでしょう」

黒羽は師が、大好きなのだから。そして、寺の大屋根に登っての月見は、下から見ていても、心引かれるものであった。

「ひゃひゃっ、寿真様は、存外策士なところがあるからな。上手くやるさ。怖い、怖い」

「金次さん、秋英さんは、思っていた以上に、お堅いようですね」

おしろの言葉に、屏風のぞきが頷く。

「寛朝様は思ってた通りのお方で、変わらないねえ。適当で金が大好き。でもさ、それでもちゃんと、名僧と言われてるところが凄い」

　そう言われるだけのものを持っているからだろうと、守狐が笑った。

「不思議な話ですが、名僧ってもんは、ご立派なだけじゃ成れないんだそうですよ」

ならば商人《あきんど》と似ていると、若だんなが続けた。実力があっても、商人として成功するとは限らない。でも商いをやっていくのに、商売の腕は必須《ひっす》で、それがなくては店を続けてはいけなかった。

「不思議なものだね」

　離れにいた皆が、若だんなの言葉に頷く。そして加須底羅を食べつつ、事を成す力とは何か、わいわい話をすることになった。

5

　若だんなは寝ているのにも飽きて、五日でそっと寝床から抜け出た。親に知られたら、また心配が降ってくるので、内緒にしているつもりだったが、兄や達にはあっという間に見つかってしまった。

　だが熱もなかったので、長火鉢の側《そば》なら起きていてもいいと言われて、ほっとする。

すると床上げの祝いだと、妖達は鍋《なべ》の用意を始め、いつの間にやら酒まで揃えてしまった。宴会が始まることになったのだ。

「あれま、驚いた。まあ、いいか」

若だんなが財布を渡し、屛風のぞきが菓子司三《み》春屋《はるや》へ、甘味を買いに向かった。そして妖達は、鍋の用意をしつつ、若だんなのことをあれこれ口にし始めた。妖の話はしたのに、若だんなの事は、言ってなかったからという。

ただ。

「若だんなって御仁は、どんな人か。ああ、そいつは簡単すぎるんで、今まで語られなかったんだと思います」

場久が、葱《ねぎ》を片手に言い切った。

「なにしろ一言で言えますから。病弱。皆、これに否とは言わないでしょう」

すると、鍋へ野菜や白身魚を入れていた妖達が、離れの長火鉢の向かいで頷く。金次までが、骸骨《がいこつ》のような頭を縦に振った。

「朝、若だんなが布団の中で生きてたら、周りが、ほっとする程だよねえ」

「そ、そこまで弱くはないよ」

若だんなが頬を膨らませていると、そこへ仁吉と佐助が、大皿を手に現れてきた。

仁吉は鯛《たい》や蛤《はまぐり》、たっぷりとした野菜、豆腐やかまぼこなどを持っている。一方佐助は、ご飯のお櫃《ひつ》や卵焼き、刺身を手にしていたので、妖達は目を輝かせ、若だんなは驚いた顔になった。

「兄や達、どうしたの？　今日はまた随分と、豪勢な宴《うたげ》にするんだね」

「実は先ほど、庭の稲荷へ、大黒天《だいこくてん》様がおいでになりました」

お稲荷様として知られる宇《う》迦《か》之《の》御魂神《みたまのかみ》を、訪ねて来たようだと、仁吉は口にする。

長崎屋は妖のみならず、尊い方々との縁もあった。

「ならば、です。この離れは、目と鼻の先にあるのですから、当然、大黒天様をおもてなしせねばなりません」

日の本の神々は、余程細かい所まで気を砕き、向き合わねばならない方々なのだ。

長崎屋の皆は、決して神仏を、おろそかにしたりはしない。なのに、今までに何回も、もてなしに失敗し、とんでもない目に遭って、神の力を感じてしまうことになっていた。

「ひゃひゃ、確かに大黒天様を、そのまま帰すのは拙《まず》いよなぁ」

「きゅい、おもてなし、おもてなし」

若だんなや妖達は、ぴしりと背筋を伸ばすと、馴染みの神様のため、離れを整え始めた。そして妖達は、まだ大黒天が来ていないのをいいことに、神々について語り始める。

己も貧乏神と、一応神の字付きで呼ばれている金次は、口元を歪《ゆが》めつつ言ったのだ。

「日の本の神様は、この秋津島を作り、人や妖達の日々を見守り、天と地を司《つかさど》ってる。つまり、ありがたい方々なんだよな？」

なのに何で、神様をおもてなしすると決まった途端、こんなに身を、引き締めねばならないのか。

「わっかんねぇよなぁ」

「そりゃ神様は、優しいだけじゃないですから」

豆腐の田楽を焼きつつ、おしろがさらりと言った。日の本の神は、機嫌を損ねてしまうと、天地が鳴動する。そしてついでに、若だんながあの世へ送られかねないのだ。

「物騒な方々でもありますからね」

すると、おしろの言葉に、笑うような声で返事があった。

「おや、長崎屋の皆は、我らを怖がっていたのかな？」

「へっ？」「きゅべ？」「おやま」

若だんなと妖達が、声の方を向くと、そこには大黒天様の姿があった。そして訪ねて来た相手の、お稲荷様も一緒だった。

その上だ、何故だか他にも、長崎屋の皆には馴染みの神、生目《いきめ》神《がみ》や、近くの橋におわす神、橋姫《はしひめ》までが顔を見せていたのだ。

「ありゃ、おや、何と」

「大黒天様が、お誘い下さってな。今日は長崎屋で宴会があるから、皆で行こうという話になった」

構わぬかなと問われたので、間髪入れず、もちろんと皆で答えた。仁吉と佐助がさっと畳へ手を突き、頭を下げる。

「おいで下さって、ありがとうございます。精一杯おもてなしをいたしますので、ゆっくりして頂けますと、嬉しい限りです」

「ふふふ、長崎屋の皆とは、馴染んできたからな。お互い気を張らずに、楽しめるというものだ」

生目神は明るくそう言ったが、そこへ、山ほどの菓子と共に帰ってきた屏風のぞきは、思わぬ客の姿を見たからか、魂消《たまげ》ていた。つまり寸《すん》の間《ま》、総身を石のように硬くし、動けなくなってしまったのだ。

「おや、妖は、何としたのかのう」

大黒天が不敵に笑い、神使の根棲《ねずみ》に、手加減して下さいと袖《そで》を引っ張られている。兄や達が、菓子を屏風のぞきの手から取り、まずは神様達の前へ山と供えると、離れで宴が始まった。

ありがたいことに、宴席はすぐにほぐれた。菓子がある時、鳴家達は、いつまでも遠慮などしていないからだ。相手が神様でもそれは変わらず、小鬼達は揃って、神様達の膝へよじ登り始めた。何故ならお菓子は神様の前にあり、神様よりも先に手を出してはいけないと、若だんなから言われたからだ。ならば菓子は、神様から貰わねばならなかった。つまり、だから、小鬼達は遠慮などしなかったのだ。

「きゅんいー、大黒天様、お饅頭《まんじゅう》ちょうだい」

「生目神様、鳴家は団子が欲しい」

「大福焼いて、稲荷神様」

「橋姫様、鳴家は辛《から》あられも食べる」

「あら、このあられは、初めて食べますね」

離れは直《す》ぐに、楽しく賑やかな席となる。酒が注がれると、若だんなは早々に酔い、妖達は大胆になってゆく。つまり、神様へ遠慮ばかりしていては楽しくないから、皆、いつものように騒ぐことにしたのだ。

生目神達が、一旦《いったん》すっと目を細くした後、何故だか楽しげな顔になった。

若だんなは一瞬、ひやりとしたものの、妖達と同じように、座を楽しむことにした。長崎屋で、いつもの皆と一緒にいるのだ。ならば、怖いことなど起きないに違いない。

「四柱に伺います。先だって、高僧として知られる寛永寺の寿真様と、広徳寺の寛朝様が、揃ってお弟子から叱られました。その話、既にお聞きでしょうか」

「いいえ。あら、寿真殿が叱られたとは、珍しいわね。それと、新しく弟子を取ったの？」

「橋姫、寿真は確か、化けた天狗を得度させておったぞ。面白いことをしたものだ」

生目神が、物知りなところを見せてくる。そして、若だんなが言った話は知らないから、早く話せと促してきた。若だんなが語り始めたが、疲れるからと直ぐに佐助が代わり、じき、場久や屏風のぞきも語りを引き受けてゆく。

「ほお、名僧達ときたら、寺の大屋根で酒を飲んでおるのか。それは面白い」

月見の席へ、今度行ってみようと大黒天が言い、稲荷神も頷いている。

（ありゃ。大屋根で飲んでいるのを、わたし達が神様へ話したって、寿真様にはきっと分かってしまうよね）

何しろ神様と噂話《うわさばなし》をするような輩《やから》は、この世に少ないのだ。

（でも、それが長崎屋だものね）

今日、騒いだりしたら、若だんなは明日は本当に、また寝込むかもしれない。

そして、そんな若だんなを看病するのは、離れに沢山巣くっている、妖達だ。

そこへ天狗の僧が、見舞いに来ることもあるだろう。

今日のように、神と名乗るお方も、また来る日も、あると思われた。

長崎屋は江戸にあって、賑やかな通りで商売をしている大店だが、実は少しばかり変わっている店なのだから。

（でも私にとって、この妙な離れは、かけがえのない場所なんだ）

空になった若だんなの酒杯へ、大黒天が酒を注いでくる。猫又が田楽を配り、落語家になっている獏が、一席、語ろうと言い出して、皆が嬉しげに笑った。

（うん、これが長崎屋だ）

若だんなもにこやかに笑って、神の杯へ酒を満たした。

はじめての使い

1

月の美しい夜のこと。

東海道の、戸塚《とつか》宿にある寺の境内に、妖《あやかし》である猫又《ねこまた》が数多《あまた》集《つど》った。その日は一族の長《おさ》で、とら次の身内である虎《とら》が、仲間達へ大事を告げることになっていたのだ。

虎が寺の正面階段に現れると、猫又達の目が注がれた。

「皆へ知らせがある。江戸にて、猫又の柄の手ぬぐいが、いよいよ売られ始めた」

以前虎達が、江戸の長崎屋《ながさきや》へいった時、手ぬぐいの染物屋が約束した話であった。長崎屋の若だんなは、自分も使っていると文に書き添え、その手ぬぐいを沢山送ってくれたのだ。

「三本、違った柄の手ぬぐいが出た。それぞれ人気が出たとか。めでたいことだ」

とら次達はここで、手ぬぐいを見せてもらったが、描かれている猫又達は皆、なかなか格好が良い。特に虎の手ぬぐいは粋《いき》で、多くの猫又達が羨《うらや》ましがった。江戸で出世をしたとの声が湧《わ》いた。

（いいなぁ、おれも早く、手ぬぐいに描かれてみたいもんだ）

とら次は心密《ひそ》かに願った。

「よって猫又としては、長崎屋へ礼をせねばならん」

虎の声に、境内の者達が頷《うなず》く。相手があの病弱な若だんなであれば、喜ばれるものは分かっていた。

「よく効く薬だな。で、化け仲間の白狐《びゃっこ》が持っている、きつね膏薬《こうやく》を贈ることにした」

藤枝宿の名物となっている〝きつね膏薬〟は、白狐の従兄弟《いとこ》が、人に教えたものであった。狐達曰《いわ》く、本家の薬は、泣きそうな程染《し》みる分、売り物よりも三倍効くらしい。

「さすがは頭《かしら》だ。素晴らしい贈り物を、思いつかれましたな」

集った猫又達から褒められ、虎は満足そうに頷くと、ひゅんと長い尻尾《しっぽ》を振った。

すると、きゃあという黄色い声が、寺へ集っていた、おなごの猫又達から上がったのだ。

虎は元々、おなごたちに人気があったが、虎手ぬぐいが出たからには、一層もてるに違いない。とら次は横にいた友、藤沢《ふじさわ》宿のくま蔵に、思わず小声を向けた。

「何と、皆、うっとりとした顔で、長を見てるじゃないか。何で我の爺《じい》さんの、そのまた爺さんに当たる長が、娘っこの猫又達から、きゃあきゃあ言われるんだ?」

すると、生真面目《きまじめ》という字から尻尾が二本生え、猫又になったかのようなくま蔵は、真剣な顔で頷いた。

「我ら妖は、老いとは縁がないですから」

可愛《かわい》がられ、齢《よわい》二十年を越した猫の中には、猫又と化す者がいる。そして妖になった猫又は、定まった寿命を持たない。並の猫や人とは、かけ離れたものになるのだ。

「よって猫又の恋は、相手に求めるものが、並の猫とは違うのでしょう」

実は妖といえども、果てしなく生きる者ばかりではない。力を保てなくなった者は、いつの間にか消えて失《う》せたりする。

「つまり妖としての力の強さこそ、猫又の魅力なのかもしれません。きちんと調べて、本にまとめてみたいです」

友からお堅い言葉を聞き、とら次は口をへの字にした。

「くま蔵、お前さんさぁ、思いっきり外したことを言っているんだが。分かってるか？」

「何と、考えが間違ってましたか？」

「おれは、さ。若さあふれる己達こそ、もっとおなごの猫又に、もててもいいと思う。そう言ったわけ」

　虎ばかりもてるのが、釈然としないだけなのだ。くま蔵が笑った。

「とら次は不満で一杯ですね。もしや好いている方が、今日、この境内にいるのですか？　その方が、虎さんの方ばかり向いているので、不満なのかな」

　確か、いつぞや誰かに一目《ひとめ》惚《ぼ》れしてたはずと言われ、とら次は、酒を飲み過ぎたような顔になった。

「はあぁ？　く、くま蔵は、何を言い出すんだっ。違うって」

「猫じゃ猫じゃを、戸塚で踊った日のことでしょう？　とら次は寺で阿呆《あほう》みたいな顔をして、踊りの輪を見つめてたじゃないですか」

　余りに分かりやすい顔だったので、戸塚の猫又達の間で、噂《うわさ》になっていた。ところがあの日は丁度、客人として、長崎屋ゆかりの御仁らを迎え、猫又達は忙しかった。それで皆は、とら次が惚れた相手の名を、摑《つか》み損ねてしまったのだ。

くま蔵は、正面から友へ問うた。

「で、誰なんです？　とら次の惚れた相手というのは？」

とら次は返事の代わりに、猫の必殺わざ、前足での一撃を繰り出し、くま蔵は、見事に境内へひっくり返ってしまう。すると、その騒ぎを目にした虎が、眉間《みけん》に皺《しわ》を寄せ、またひゅっと尾を振った。

「それで、だ。我が孫の孫に当たるとら次に、江戸へ、使いに行ってもらうことにした。同道の者は、藤沢宿の長のひ孫、くま蔵だ」

なのに二人とも、大事な仕事を前にして、何をやっていると叱《しか》られ、とら次は慌《あわ》てて頭を下げ、くま蔵は直《す》ぐに起き上がった。

とら次もくま蔵も、江戸には初めてゆくのだ。いや、とら次は戸塚を出て旅をするのも、初であった。虎は己の齢から考えると、ややこのように幼いとら次を見て、小さく息を漏らす。

「とら次、お前、まだまだ落ち着きがないな。本当に江戸への使いなど、出来るのか？　是非にやりたいと言うから、任せることにしたんだが」

江戸の長崎屋は、妖とも天狗《てんぐ》とも縁が深い。

「狐から分けてもらった薬が、長崎屋へ届かなかった、なんてことになったら、他の妖達にも知られちまう。猫又の恥になるんだぞ」

「お頭、嫌だなぁ。そんなに心配しないでも、薬を届けることくらい、出来ますって」

「大丈夫なのかね。江戸はそりゃあ大きいんだ。そうやって落ち着かないでいると、迷子になっちまうぞ」

虎は本気で心配しているが、とら次はその憂《うれ》いを笑い飛ばした。

「お頭、この戸塚宿だって、東海道の宿だし、大きいじゃないですか」

旅籠《はたご》は七十軒以上あるし、本陣だって二軒ある。家は六百軒を超し、人は三千人近く住んでいるのだ。

つまり猫又達も、大勢集まっていた。

「おれは、そんな戸塚宿で生まれ育ったんです。心配は無用ですよ」

「本当かねえ。人に化けて街道を行くんだぞ」

しかし藤沢宿の頭、熊市《くまいち》に、虎は約束してしまったのだ。

「ひ孫のくま蔵を、とら次と一緒に江戸へやると言っちまった。あいつ、くま蔵の為《ため》に良いことだと、喜んでたからなぁ」

今更、旅を止《や》めにするとは言えない。この件は、虎と熊市の取り決め、つまり、猫又の長同士の約束なのだ。

　とら次はここぞと、言葉を重ねた。

「長、戸塚の長が、前言を翻《ひるがえ》しちゃいけませんて」

「そうだよなぁ。今更、腹の据わらぬことをしちゃあ、いけないかな」

　それでようよう事が決まり、とら次とくま蔵は二人で、東海道を江戸へ下ることになった。境内に集った皆が、旅に入り用な品を、あれこれ貸してくれると言ってくる。虎も、気っぷ良く路銀を入れた財布を、持たせてくれた。

「金や薬を盗まれないよう、気をつけろよ」

　そして夜明け前、とら次とくま蔵は、一番大事なことを行った。若い二人は、精一杯いなせな男に、まずは化けたのだ。

2

　戸塚の宿から長崎屋までは、十里と少し歩くことになる。男の足であれば、江戸まで泊まらずに行く者も多いと、とら次は聞いていた。

　しかし虎は、朝早くとら次達を見送ってくれた時、江戸の一つ手前、品川宿辺りで一泊し、日の高い刻限、長崎屋を訪ねるよう言ってきた。

「とら次達は、初めて街道を行くのだし。余り遅い刻限に、長崎屋へ行くのも迷惑だ。だからゆっくり歩いて、旅を楽しんできな」

「はい、そうします。じゃあ行ってきます」

東海道を真っ直ぐ江戸へ行くだけだし、街道は人通りも多い。戸塚宿の端近くにある吉田橋を過ぎる頃、ほてほてと街道を歩むとら次達は、大層お気楽な顔になっていた。

「良い天気だなぁ。土産の荷は薬だから軽いし。旅っていいねえ」

懐《ふところ》にある金の方が、余程ずしりと重かった。

「隣の保土《ほど》ケ谷《がや》の宿まで、三里もないと聞いてます。一時半《いっときはん》もあれば着くでしょう」

くま蔵が、街道の途中、品濃《しなの》坂《ざか》下に茶屋があるらしいから、名物の焼き餅《もち》を食べたいと口にした。すると、とら次は真剣な顔で悩む。

「おれは、ぼた餅を食べたいんだが。品濃坂下じゃなくて、その先にある、境木《さかいぎ》の三軒茶屋で売ってるそうな」

境木は、宿と宿との間に作られる、〝立場《たてば》〟という休憩所なのだ。

「そういうところで、一回休んでみたい」

戸塚を離れるのは初めてだから、珍しいものばかりであった。食べたい、覗《のぞ》きたい、行ってみたい。全《すべ》てに心が沸き立つのだ。

とら次とくま蔵は一寸《ちょっと》目を合わせた後、互いに、にやりと笑った。

「なら、両方の餅を食べようか」

じき、通りかかった品濃坂という名の坂を、ひょいひょいと進んだ。そして直ぐ先にあった茶屋で、まずは焼き餅を買う。

「この旅で、初めての買い食いだな」

甘くて温かい餅に、とら次の気分は高まった。暢気《のんき》に歩んでゆく二人の脇《わき》を、飛脚が飛ぶように走り抜けて行く。大きな荷を積んだ馬が、馬子《まご》に引かれて過ぎた。旅姿の者も多く、皆、何人かで連れ立っている。

境木に着き、茶屋の床机《しょうぎ》に座ると、今度はぼた餅を食べつつ、とら次は首を傾《かし》げた。

「なあ、くま蔵。大勢で出かけている人が、多いと思わないか。一人の旅人を見ないや」

途端、周りに腰掛けていた男達に、笑われてしまった。

「兄さん達、旅は初めてなのかい？」

鶴吉《つるきち》と名乗った、荷運びをする雲助《くもすけ》の兄《あに》ぃが、大きく笑っていた。鶴吉に言わせると、旅は、連れだってするものなのだそうだ。

「一人で旅籠に入っても、泊めてもらえないかもしれねえよ。そういうもんだから」

白髪《しらが》交じりの、亀助《かめすけ》という雲助も言う。

「それにさ、一人で峠を越えるのは、剣呑《けんのん》なんだよぅ。雲助には、怪しげなのもいる。そういう奴《やつ》らに囲まれたら、身ぐるみ剝《は》がれちまうからね」

住処《すみか》も定めず、街道で働いている人足、雲助達は、都合が悪くなると、その土地から逃げ出せる。だから旅人相手に、怖いことをやる者もいるのだという。

「気をつけなよ。旅には用心が必要なんだ。特にあんた達は、ぼうっとしてるから」

「へえ、お仲間に、怖い人もいるんですねえ。だがなに、大丈夫。おれには連れがいますし」

調子よく返事をしたくま蔵だが、ぼた餅の代金を払おうとしたとき、顔色を変えた。帯に根付けで引っかけていた財布が、無くなっていたのだ。

「ひ、紐《ひも》が切られてる。いつの間に……」

「おや、さっそく、やられちまったか」

周りにいた旅人達は慰めてくれたが、それで金子《きんす》が戻ってくるわけではない。くま蔵は、曾祖父《そうそふ》である熊市から、まとまった金を貰《もら》っていたらしく、それをごっそり盗《と》られてしまったのだ。可哀想《かわいそう》なほど身を小さくしたので、とら次は急ぎ声を掛けた。

「だ、大丈夫だよ、くま蔵。おれの持ち金がある。二人で江戸へ行くくらい、出来るさ」

　途端、鶴吉にぴしりと叱られた。

「兄さん、皆から今の今、気をつけるよう言われたばかりだろうが」

　なのに、茶屋で持ち金の話を口にするとは、とんでもないと言われて、思わず首をすくめる。亀助は言葉を柔らかくして、付け足した。

「誰に目を付けられるか、分からないからねえ。用心、用心」

　とら次の金まで失ったら、二人は街道で、立ち往生してしまうのだ。

「それこそ、寺かどこかへ駆け込んで、身内が金を持ってきてくれるのを、待つことになりかねないよ」

「ひえっ、それはご勘弁を」

　近いから、虎や熊市は、助けに来てくれるかもしれない。だが……とら次達の無事を確かめた後、まずはがっかりして、次に怒る気がする。

「たった二日の旅なのに。江戸へ行き着けなかったら、情けないもんなぁ。そいつを戸塚の皆に知られてみろ。笑われちまう！」

くま蔵も、強く頷いている。

「下手をしたらうちの長は、おれを西国の知り合いの所へ、修行にやってしまうかも」

そんなことはご免だと、二人は、のんびりとした様子をかなぐり捨てた。

「なあ、とら次。やっぱり品川には泊まらず、江戸まで突っ切ろうか」

くま蔵はそう言うと、思い出した事があると付け足した。

「確か長崎屋さんは、店の近所に家作を持っていたはずだ。おれは、そこに住んでる四郎さんと、戸塚で会ってるよ」

「あ、ああ。くま蔵も会ったのか」

何しろ四郎は、くま蔵達の仲間であった。

「ちょいと、江戸へ着く刻限が遅くなったって、あの人の家なら、泊めてくれるんじゃないかと思う」

品川で泊まらなければ、宿代も要らない。餅を続けて食べたから、しばらくは食べ物も必要なかった。

「さあ、とら次、長崎屋へ急ごう」

「わ、分かった」

小銭を床机へ置き、立場茶屋から出ようとすると、鶴吉や亀助も、そこいらまで一緒に行こうと立ち上がる。

その時だ。

「えっ、なんだ？」

置いたばかりの銭を蹴《け》って、とら次達の目の前を、何かが通り過ぎていったのだ。その後を、若い男が追ってゆく。とら次達は小銭を拾いつつ、目を見張った。

「おや、逃げて行ったの、三毛猫だ」

赤い首玉をした三毛であった。とら次達は猫又だから、やはり猫に目がいく。

「何かに驚いて、走ってるのかな。追っているのは、飼い主さんだろうか」

くま蔵がつぶやくと、亀助がまた、笑い声を立てる。

「くま蔵さん、あの男は大阿倍屋《おおあべや》っていう、口入れ屋の奉公人だ。大方、猫取りをしてるんだろ」

「猫取り？」

「大阿倍屋は、やっていないと言ってるがね。しかし保土ケ谷宿じゃ時々、猫が行方知れずになるんだよなぁ」

野良《のら》だけでなく飼い猫も、随分消えていた。

「三味線の皮にするため、猫を狙《ねら》っている奴がいるんだよ」

「は？　あの三毛猫、ろくでなしに狙われてたのか」

ならば、いっそとら次達猫又に、助けを求めてくれれば良かったのにと思う。だが、あの三毛は猫又ではないから、目の前の人が妖だとは、分からなかったに違いない。

その時、横からくま蔵が固い声で言った。

「とら次、時を取られるかもしれないが、あの三毛、助けに行きたい」

くま蔵には三毛の妹がいるのだ。妹はまだ若くて、猫又にはなっていない。くま蔵は妹の顔を思い出し、心配しているのだろう。

「そうだな、皮を剝がれちゃたまらねえ。助けよう」

とら次も迷わなかった。もし今日、江戸まで行けなくなったとしても、明日、一日で旅を終わらせれば同じだ。

「行くぞ、三毛達は、さっきお地蔵さんを見た方へ、行ったはずだ」

すると、ここで鶴吉が二人へ、驚いたと言って声を掛けてくる。

「面白いなぁ。今の今、大金を盗られたばかりだっていうのに。お前さん達、金より、可哀想な猫を追うっていうのかい」

人の身からすれば、余程の酔狂だと思えたらしい。鶴吉や亀助が、にたぁと笑った。

「とんでもない阿呆だな。気に入った。おれ達が助けてやろう」

「助ける？」

「金を盗られるような若い二人だけじゃ、大阿倍屋の者から、猫を救う事など出来まいさ」

口入れ屋大阿倍屋の主《あるじ》は、何年か前に、余所《よそ》から婿《むこ》に入った新参者だという。元は雲助だという噂で、手下を大勢、口入れ屋へ呼び込んだ。それで今の大阿倍屋は、柄の悪い者が出入りするようになっているのだ。

「元から宿で暮らす雲助達とも、平気でぶつかるんだから、気が強い奴らさ」

飼い猫へも平気で手を出す。気をつけろという噂が、前からあった。

「だから、助《すけ》っ人《と》になってやるよ」

鶴吉は、余程腕に覚えがあるのか、余裕のある口調で言う。しかし急いでいるとら次達は、小さく首を振った。

「おれ達について来られたら、助けてくれ」

そう言うと、二人は少し鼻をひくつかせて、匂《にお》いを確かめてから、一気に駆《か》け出す。猫であり、妖である二人の足は、人が魂《たまげ》消るほど速かった。

3

境木立場の茶屋に、微《かす》かに残っていた三毛の匂いは、先程、とら次達が下ってきた坂の脇を、逆に登っていた。

猫は、高い所へ登るのが得意だ。体の重さを感じさせずに走る二人に向け、ひゃあとか、凄《すご》いとか、後ろから鶴吉達の声が聞こえてくる。とら次は、ちょいと得意になったが、それどころではないと、直ぐに己を諌《いさ》めた。

（かなり坂を登ったな。でも上の方に、三毛猫はいないぞ。もう逃げ切ったか？）

だが猫だけならばともかく、追っていった男の姿までない。心配は消えなかった。

その時くま蔵が、少し右へ下った、松の木の辺りを指した。

「いたっ、三毛の奴、もう捕まってるっ」

どうやら三毛は、男の仲間が待ち伏せしている場所へ、追い込まれたらしい。猫取りの人数を数えたとら次は、思い切り顔をしかめた。

「うへえ、大男が三人もいるぞ」

猫又は本性が猫だから、化けても体は大きくない。宿の長、虎や熊市らはかなり強いが、そうなるためには時と、運と、そして多分、努力も大いに必要なのだ。

「おれ達二人で、あの三人の相手をするのはきついなぁ」

しかし、強くなるまで三年程待ってくれと、猫取りらに頼むことなど出来ない。

「三毛を返せと言えば、絶対喧嘩《けんか》になるよな」

三人は猫を、金にするつもりなのだ。どうしたらいいのか迷った時、男達の足下を見たとら次は、参ったと声を漏らした。大きな布袋があり、それがもぞもぞ動いていたのだ。

「三毛の他にも、何匹か猫を捕まえたな」

くま蔵も、うめく。

「こりゃ無謀と分かってても、あいつらに向かって突っ込むしかないですね」

そして叩《たた》きのめされ、猫又の姿をさらしてしまわぬ内に、猫達を茂みへ逃がすのだ。

「後は、人から奇妙に見えても構わないから、影の内へ逃れましょうか」

情けないが、それしか出来そうもない。そこで捕まったら、妖として見世物小屋行きだ。

「分かった。くま蔵、いくぞっ」

無謀は若さの連れ合いだ。とにかく、怖《お》じけることだけはせずに済み、三毛を摑んでいた男へ、とら次達は突進することが出来た。

「みぎゃあっ」

決死の叫び声と共に、前足の一撃を、三毛を持っていた男の手へお見舞いする。

「うわっ、何なんだっ」

魂消た男の手から、三毛が放り出された。宙に舞ったその体を、くま蔵が器用に摑み、はるか遠くへ投げる。

猫であれば、高い所から落ちても、ちゃんと着地は出来るのだ。とら次とくま蔵は、ここで、ぽんととんぼを切って下がり、一旦《いったん》男達から間を取った。

(問題は、この後だな)

何匹いるのか、捕まっている猫達は、布袋の中で盛んに鳴いている。猫を奪われた男は、凄い顔でとら次達を睨《にら》んできた。

「おめえ、いきなり何しやがる」

聞かれたので、律儀《りちぎ》に答えてみた。

「あのね、猫達は、皮を剝がれるのはご免なんですよ。止めて下さい」

だがやはりというか、男が納得した様子はない。松の根元に置いてある袋へ近づくと、猫を放つ代わりに、男は木刀を手にした。

「うへ、やっぱり喧嘩になるのか」

「若いの、野良猫を助けに来るとは、猫好きか？　己の利になることじゃねえのに、喧嘩をふっかけてくるとは、余程の阿呆だな」

餓鬼の馬鹿《ばか》さ加減に免じて、ここは怒鳴りつけるだけで済ませてやりたい所だと、男は言った。

「おや小吉《こきち》、今日は妙に優しいじゃねえか」

　連れの男達が、嫌な声で言い笑う。小吉は首を横に振った。

「だが、せっかく捕まえた猫を、おめえは一匹、逃がしちまってる。おれ達は、約束の数を集めるのに、また苦労しなけりゃならねえ」

　だから。小吉の笑顔が、怖い顔に変わった。

「おめえで憂《う》さ晴らしをしとかねえと、腹が収まらねえわけだ」

　言った途端、小吉は木刀片手に、松の辺りから凄い勢いで駆け上がってくる。とら次達は毛を逆立て、それを見下ろす格好になった。互いがいた場所が、ことを分けた。

「やっ」

　木刀が突き出されてきたその時、とら次とくま蔵は、かけ声と共に飛び上がった。そしてくるりと身をひねると、小吉の頭の上を越し、一気に松の下に置かれた袋へ駆け寄る。

後のことは考えなかった。怯《おび》えたら、足が止まりそうだったからだ。

「逃げろっ」

爪《つめ》を出し、袋を裂くと同時に叫んだ。三味線の皮にされるかどうかの、瀬戸際《せとぎわ》だ。袋の中にいた猫達は、死にものぐるいで飛び出し、近くの茂みへ飛び込んだ。

「やったっ、この林の中じゃ、もう人には捕まらねえだろう」

ほっとした途端、目の前に星が飛んだ。疼《うず》く頭を抱え、松の下辺りに転がる。

「てめえらっ、猫を全部、逃がしちまったな。どうしてくれるんだ？　えっ、誰が猫をまた、集めるんだ？」

言いながら、小吉がばしばしと、木刀で打ってくるものだから、痛さで立ち上がることも出来ない。

（これじゃ、影の内へ逃げることすら、無理かも）

その内、猫の姿に戻ってしまい、皮を剝がれてしまうのだろうか。だが、ここでふっと楽になって、目を開けた。すると頭の上に、くま蔵の手が見えた。友が、その身を被《かぶ》せ、何発か木刀を受けてくれたのだ。

「あほ……さっさと逃げろ。立てる内に」

「二人とも、逃がしゃしねえよ」

小吉の連れの手にも、物騒なものがあった。長どすを握っている者もいて、いよいよ追い詰められる。

（おれ達、どうなっちまうんだろう）

力もないのに、粋がった報いなのだろうか。長崎屋へ薬を届けにいくだけの旅が、こんな話に化けてしまうとは、思いもよらなかった。

（長、こんな時は、どうしたらいいんだ？）

泣きそうになっている間に、小吉と、もう一人の男が、得物を振りかざしてくる。それをどうやったら避《よ》けられるのか、とら次には全く分からなかった。

4

気が付くと、とら次はくま蔵と、街道近くの草地に並んで横たわっていた。殴られ、立てなくなった姿を、苦笑を浮かべつつ、鶴吉と亀助が見下ろしている。

「おや、お二人さん、気が付いたみたいだな。命があって良かったじゃないか。ああ、手を上げる事が出来るとは、上々吉だ。しばらく寝ていれば、起き上がれるさ」

鶴吉は、悠々とした口調で言う。約束した通り、とら次達を小吉達から助けてくれたのだ。

小吉達が、とら次らに気を取られていたその時、鶴吉と亀助が、街道から追いついてきた。小吉達三人と、男同士の戦いとなった。

すると、いい年に見えた亀助までが、豪腕を揮《ふる》ったのだ。着物の下から現れたのは、荷や人を運ぶ雲助として、鍛えぬかれた腕だった。二人は並外れて強かった。決着が付くのに、大して時は掛からなかったように思う。

鶴吉達は勝利の声を上げると、とら次やくま蔵を担《かつ》ぎ、さっさと危うい場から去った。ほっとした後のことは、よく覚えていない。

「あんた達、どうして本当に、助けてくれたんだ？」

鶴吉達は同じ宿の者相手に、拳固《げんこ》を振るったのだ。後で困るのではないかと思う。するとにやにや笑いつつ、鶴吉が答えてくる。

「さっき言ったろ、おれ達は雲助だ。街道をうろつく、怖い人足さ」

悪行を働く者がいるから、評判は悪かった。

「だがおれ達は、必要な者なのさ。街道を運ばれていく荷は多いから、雲助がいなけりゃ、運びきれねえ。旅人だって結構、おれ達を頼りにしてるんだぜ」

それもまた、本当の事なのだ。なのに、元雲助だという大阿倍屋が、幅をきかせ始めてから、保土ケ谷宿では一層、悪人扱いされるようになった。

「腹が立ってたんだ。それで、あいつらから助けた」

そういうことゆえ、気にするなという。旅の空の下では、色々なことが起きるのだ。

「だからさ、こういうことが起きても、運が悪かったと思って、我慢しな」

鶴吉はそう言うと、自分達が助けたばかりのとら次の腰から、財布を抜き取った。荷も取り上げる。そして中の金を確かめると、こっちも大枚が入っていたと、笑ったのだ。くま蔵が、横になったままつぶやく。

「こっちも、ってことは……おれの財布を盗ったのも、お前さん達だったのか」

亀助が、両の眉尻《まゆじり》を下げた。

「分かっちまったか。ま、助けてやった駄賃だと思ってくんな」

保土ケ谷からなら、江戸へは一日あれば着ける。旅姿であれば、街道沿いの寺などで、水くらいは飲ませてもらえるだろう。

「文無しでも、死にゃしねえよ。さっさと知り合いのいる、江戸へ行くんだな」

そう言って、鶴吉達は街道へと歩み出した。離れていくその背へ、まだ立てないとら次は、必死に声をかける。

「金は諦《あきら》める。でも、おれ達の荷を、置いていってくれないか」

荷には、長崎屋へ渡さねばならない、大事な薬が入っているのだ。

（薬を盗られちまったら、何の為に江戸へ行くのか、分からなくなるじゃねえか）

長崎屋の若だんなは、大層優しいという話だから、手土産が無くとも怒らないと思う。だが、とら次が失敗したという噂は、あっという間に広まってしまうはずだ。

（きっと……戸塚で踊っていたあの人にも、おれがどんな間抜けをしたか、聞かれちまう）

それだけは嫌だったのだ。

ところが鶴吉は、ひょいと、とら次の荷を覗き込んだ後、首を横に振った。

「悪《わり》ぃ、駄目だ。中に、藤沢宿で売ってる傷薬、きつね膏薬があるじゃないか」

よく効くという膏薬だから、欲しいと思っていたと、しゃあしゃあと言う。つまり振り分け荷物を持ったまま、鶴吉達は街道へ消えてしまったのだ。

「痛い」

しばらくして半身を起こしたとき、とら次はうめいた。しかし、どんなに総身《そうみ》が痛くとも、早々に起き上がらねばならなかった。

「小吉達は、死んじゃいない。また見つかったら、おれ達は今度こそ命が危ういかも」

必死に立ち上がり、猫の姿に戻ってみる。猫又の尻尾は、一本隠さねばならなかったし、猫取りに見つかると剣呑だと分かっていた。

しかし猫になると、人に化けているより楽だった。横でくま蔵も、ぶち猫になった。

「とら次、保土ケ谷宿へ行こう。宿屋の屋根裏へでも、入るんだ。そこなら雲助も猫取りも、やって来られない」

街道脇をそろそろと進み、目にした井戸端で水をなめた。そして恐ろしく苦労しつつ、何とか大きな旅籠の屋根へ這《は》い上がる。屋根裏へもぐった途端、二人は泣きそうになった。これで殺されないと、ほっとしたからだ。

「くま蔵よぉ、おれ達、情けないな。腹ぁくくって動いた筈《はず》だったのに。叩きのめされた上、金も全部盗られた。薬まで盗られた」

とら次は自分のことを、もう少しいい男だと思っていたのだ。いざという時は、ちゃんと活躍出来ると、信じていた。

なのに、このざまであった。

「笑っちまう。まぁ、猫達は逃がせたけど」

「三毛達、無事かな」

体が痛いらしく、隅の方に転がったくま蔵が、またうめきつつ言う。酷《ひど》く疲れていたからか、痛みに苦しみながらも、二人はじき、眠ることが出来た。

どれくらいの間、寝ていたのだろうか。誰かの声が聞こえた気がして、とら次は薄《うす》闇《やみ》の中で目を覚ました。身を起こした途端、天井裏で、思わず歯を食いしばった。

「ううう、どこもかしこも、痛い」

だが四本の足を踏ん張り、大きく背を伸ばしてみた後、少し笑みを浮かべた。確かにあちこちがまだ、悲鳴を上げている。しかし。

「うん、大丈夫だ。どこも折れちゃいないし、旅だって出来る気がする」

ほっとして横を見ると、くま蔵も起きだし、みゃぎぎぎという妙な声と共に、足を伸ばしている。それから足下へ目を向けると、友は首を傾げた。

「今、小吉という名を聞いた気がしたんだ。それで、思わず目が覚めた」

慌てて辺りを見たが、誰もおらず、ほっとしたという。するとそこにまた、小吉という声が聞こえてきたのだ。

二人はさっと身を低くする。その声は足下から、湧き上がるように聞こえてきた。

（あ、ここは旅籠だったっけ）

耳を天井板に付けると、下の部屋での話し声が、はっきり分かるようになった。

「小吉？　大阿倍屋の奉公人だろ？」

「そう、あの訳の分からない口入れ屋の者さ」

話しているのは、旅籠の奉公人らしい。部屋を掃除するついでに、噂話でもしている様子であった。

「あいつ昨日、雲助の鶴吉達に、殴られちまったんだと。どうやら宿の飼い猫を捕まえ、三味線の皮にしようとしていたのを見つかり、揉《も》めたらしい」

「そういや、うちのお嬢さんの三毛も、半日ほど行方知れずになってたよな」

「猫は、戻ってきたみたいだが。鶴吉さん達、大阿倍屋にたてついて、大丈夫なのかね」

雲助達を知っているようで、話し手は声をひそめた。

「大阿倍屋は妙な店だよな。主が時々、奉公人達を大勢連れて、店を空けてるし」

大阿倍屋は、江戸で仕事を請け負っているとか言っている。しかし、だ。

「大きな声じゃ言えないが、あれは妙だ」

「江戸で人が足りんのなら、人の多い江戸の口入れ屋で、雇えばいい話だよな。わざわざ保土ケ谷から、人を雇うかね？」

下からの言葉が、寸の間、憚《はばか》るかのように途切れた。

「大阿倍屋さんは、実は盗人《ぬすっと》なんじゃないか？　皆が噂してる」

奉公人達は盗人の手下で、江戸での仕事というのは、盗み働きに違いないというのだ。だから最近は、大阿倍屋の噂をするとき、誰もが声を小さくする。

「だけどさぁ、証《あかし》はないし」

保土ケ谷で、盗みに入られた店はないから、こちらの代官所は動かなかった。

「大阿倍屋さんの奉公人達、気が荒い者が多いよな。あの店の奉公人が江戸から戻ってくるたびに、宿で色々揉め事が起きる」

猫が消えたり、街道の雲助達と揉めたりする。だから。

「いっそ仕事先の江戸に、落ち着いてくれればいいのにさ」

遠慮の無い話が進んでゆくと、ここで新しい声が、噂話を止めた。

「お前さん達、大阿倍屋さんの話は止めろ。特に、今日は」

「へっ？　手代さん、何かあったんですか？」

「大阿倍屋の小吉さんを殴った雲助が、あの店の奉公人に捕まったそうな」

殴られた手下達を、医者に診せねばならなくなった。だからその代金分、雲助達を店で働かせると、大阿倍屋は言っているらしい。

だが。あの大阿倍屋が、雲助達を真っ当に働かせて、事を終らせるとも思えなかった。

「雲助達、大丈夫なのかね。うちの三毛を助けてもらったんだ。お嬢さんが、心配なすってるよ」

「だからって、何が出来るんです？　怖くて誰も、動けませんよ」

天井板を挟んで聞こえるのは、苦々しい声だ。だが雲助の為に、宿の者が立ち上がることはない。そういうことなのだ。

「おれ達も、動けないよな？」

とら次とくま蔵は、顔を見合わせつぶやく。

何しろまだ、総身が痛い。大阿倍屋に見つかったら、また殴られそうだ。しかも路銀は、あの鶴吉達に盗られ、薬も持っていかれた。盗んだのは、あの雲助達なのだ。

だが。

「あいつら、おれ達を助けてもくれたな」

昨日命が助かったのは、雲助達のおかげであった。そう考えると、何だか尻が落ち着かなくなる。とら次は、天井板を睨んだ。

「今度はおれ達が雲助達を、助けてやるべきだろうか」

猫又は立派な妖だから、頷くべきだろう。

「何しろおれとくま蔵は、戸塚と藤沢の、長の身内なんだから」

金や薬を盗られたとはいえ、慈悲深く振る舞うべきだと思う。ただ。

「どうやったらあいつらを助け出せるか、くま蔵、分かるか？」

「分からん」

相手は、助けてくれと鳴いている猫を殺し、皮を剝ぐのも厭《いと》わない、極悪非道な者達であった。しかも、大阿倍屋の三人に殴り勝った雲助達を、捕まえたのだ。大阿倍屋の身内は、大勢いるに違いない。

「おれ達二人だけで、助けられる訳がない。無理だろ」

くま蔵が、しごく真っ当なことを言ってきた。その通りであった。だが、しかし。

「ここで鶴吉達を見捨てたら、おれ達、本当に情けないよな」

もし、とら次ではなく、長《おさ》である虎の方がここにいたら、鶴吉達を助けるのではないか。

「うちもだ。曾祖父の熊市さんだったら、この場から逃げるなんてことは、しないだろう」

それは確かだと言う。とら次は、大きく息を吐《っ》いた。

「何で、こうも次から次へと、頭の痛い事が起きるんだろう。旅が、こんなに大変なものだなんて、考えたこともなかった」

己で悩まねばならなかった。決断せねばならなかった。今までとら次は、生まれ育った戸塚にいた。長や仲間の猫又が近くにいたので、腹をくくる機会などなかったのだ。

「なのに今日は違う。おれ達は、今、これからどうするか、決めなきゃならねえ」

一体、どう決めれば、明日へ進めるのだろうか。自分達に、何が出来るのか。

とら次とくま蔵は、顔を見合わせ、うなった。困り切った。逃げたくなった。

そして二人は天井裏で、必死に歯を食いしばって……腹を決めた。

「このまま逃げちゃ駄目だな。保土ケ谷宿の猫達だって、今のままじゃ、またいつ捕まって、三味線の皮にされるか分からん」

猫達を助けるなら、最後までちゃんとしなければ駄目なのだ。二人がやれることは何か、しばらく話し合って、何とか答えを得た。

ただ。

「あんまり、やりたいことじゃないなぁ」

とら次もくま蔵も、ぼやき声をあげることになった。

5

あくる日のこと。

とら次達は、ひゅんと飛ぶように走る飛脚の背を、大通りで見つめた後、逃げ出したい気持ちを抑え、口入れ屋大阿倍屋を訪れた。つまり街道沿いにある店の正面から、他の客達と一緒に、店へ入ったのだ。

暖簾《のれん》をくぐる二人の姿を、道をゆく沢山の旅人が、見てきた。とら次達の顔や体には、あちこちに痣《あざ》が出来ていたので、大いに目立っていたからだ。正直に言うと、今日は虎猫《とらねこ》ではなく、ぶち猫の心持ちであった。

「あれ、昨日品濃坂近くで会った、二人連れじゃないか」

すると魂消た顔で、とら次達を見てきた奉公人の顔にも、大きな痣が出来ている。

「おや、お前さんは確か、小吉さんでしたっけ。昨日、若い三毛猫を追って……」

「わわっ、何用で来なすった」

まさか、猫を巡って大もめになった相手が、堂々と、店へ来るとは思わなかったのだろう。小吉は慌《あわ》てふためいている。店の中には思った通り、それは沢山の奉公人がいた。

（保土ケ谷宿は、戸塚宿と似たり寄ったりの大きさの筈だ。なのに、こんなに大人数の口入れ屋があるとは、不思議だ）

だが店は、一応真っ当なものに見えたので、とら次はほっとした。たとえ隠れて猫を捕り、盗人らしいとの噂《うわさ》があっても、保土ケ谷宿でまともな商売をしていれば、守らねばならない礼儀があるのだ。

客らの前で、用件を告げてみる。

「今、こちらにいると聞いた、鶴吉さん達に、会いにきたんですが」

とら次とくま蔵は、店で何を話すか、ちゃんと決めてあった。

（つまり、小吉達が猫を殺しかけたことは、黙っていてやる。その代わりに、雲助達を放せ。そうもっていくしかないんだ）

その方法一つしか、思いつかなかった。

小吉達が一寸、黙り込んでしまったところへ、店奥から出てきた者がいた。五十くらいに見える、大きな男であった。

奉公人達がさっと左右に分かれ、その男の前を空ける。すると店に来ていた客達が、男へ、大阿倍屋さんと声を掛けたから、とら次が目を見開く。

「お前さんが、この店の主、大阿倍屋さんなのか」

いきなり一番偉い男が出てくるとは、考えてもいなかったので、戸惑った。すると大阿倍屋は、黙ったままくいと顎《あご》を上げ、奥へ来いという素振りを見せてくる。

「へっ、あの、店表で話したいんですが」

　客の目が届かない所は、怖いではないか。すると大阿倍屋は、とら次の目を見てから、初めて口を開いた。

「丁度良い。鶴吉達と会わせてやる。来い」

「えっ？　丁度良いって、何が？」

　だが主は、それきり何も言わないまま、さっさと店奥へ入ってしまう。呆然《ぼうぜん》としていると、奉公人達がとら次らの背を強引に押し、奥へと連れ込まれてしまった。

　大阿倍屋の奥の間で、鶴吉達が待っていた。

　やはりというか、倍は殴り返されたようで、体に痣が多く出来ている。鶴吉達は店表の話を耳にしていたらしく、何故《なぜ》だかうんざりとした口調で、とら次らへ話しかけてきた。

「あのさ、まずは聞きたいんだが。何で大阿倍屋へ来たんだ？」

まさかと、鶴吉は言葉を続ける。

「おれ達を助けに来たとか、言わねえだろうな。お前さん達は三人の男を相手に、手も足も出なかった。そんな偉そうなこと、思いつかないよな？」

聞かれたので、正直に答える。

「あの、助けに来ました」

「本気で聞く。この物騒な大阿倍屋から、どうやっておれ達を救い出すんだ？」

そのとき、向かいにいた大阿倍屋が、笑うように話しだした。

「おい若《わ》けえの。大阿倍屋の奉公人が、飼い猫を捕まえた件は、使えねえぞ。あれじゃ大阿倍屋は、脅せねえ」

小吉達が猫を追ったのは、逃げた飼い猫を捕まえてやる気だったからだと、既に宿の面々へ、言ってあるのだそうだ。

「保土ケ谷宿の皆は、おれ達を怖がってる。誰も、それは違うなんて言いやしねえのさ」

たとえ本心では、大阿倍屋を疑っていたとしても、だ。

「……そうですか」

早々に一の考えを潰《つぶ》された訳で、二の矢は放てない。とら次が畳へ目を向けると、ここで大阿倍屋が、思いもかけないものを持ち出してきた。何と、とら次の振り分け荷物を、見せて来たのだ。鶴吉から取り上げたらしい。

「こいつは、おめえさんの荷だそうだな。中に、面白《おもし》れぇもんが入ってた」

「きつね膏薬《こうやく》ですか」

「膏薬は役に立つが、面白くはねえ。嬉《うれ》しかったのは、こっちだ」

大阿倍屋が手にしたのは、長崎屋が、長の虎へ送ってきた文であった。とら次の来訪を心待ちにしていると、優しく書いてある。若だんなは、とら次達が江戸に来たら、芝居見物や、盛り場でのお楽しみに連れて行ってくれると、知らせてくれていた。

初めて会うとら次の身を証す物として、虎が持たせてくれた文であった。

「いいねえ。文からすると、この長崎屋ってぇのは大店《おおだな》で、とっても裕福なんだな。金が山とあるに違いないさ」

ならば、次に押し入るのはこの店だと、まるで饅頭《まんじゅう》を選ぶような簡単さで、大阿倍屋は言い出した。口を引き結んだとら次の側で、鶴吉が苦笑を浮かべた。

「おや大阿倍屋さん、お前さんのところが、実は盗人稼業《かぎょう》だって噂《うわさ》は、本当だったんだ」

確かに、江戸で盗みを働いた後、保土ケ谷まで逃げてしまえば、まず、捕まることはなかろう。

「江戸町奉行所の同心は、江戸の、墨引の中で働くもんだからなぁ。いや、凄い考えだ」

同心が担当する場は、決まっているのだ。並の雲助なんかにゃ真似《まね》が出来ないと、亀助が褒める。すると大阿倍屋は、既に噂になってることだと堂々と言った。

「お前らも盗人だ。そんな雲助が騒いだって、誰もこの大阿倍屋を捕まえたりはしねえよ」

どうやら己が悪いとは、欠片《かけら》も思ってはいないようだ。ここで大阿倍屋は、たばこ盆を引き寄せ、一服ぷかりとやり、口の端を引き上げる。

「ただな、世の中、うめえ話ばかりじゃない。この保土ケ谷を根城とし、盗みをしていると、困った事もあったりする」

例えば、江戸の店へ引き込みを入れようにも、保土ケ谷から人をやるのは難しい。保土ケ谷出の者を雇った店が、毎回賊に狙われたら、引き込みが誰なのか、あっという間に露見してしまうだろう。

「大店は用心深いからな。捨て子を見つけたんで、開けて下さいなんて言っても、表のくぐり戸を開ける店など、ないって話だ」

ところが、だ。大阿倍屋は、思いも掛けない運に巡り会った。

「一つ目の運は、この雲助達が金と、大店からの文を盗んできたことだ。どこの店を狙えばいいか、あっちから知らせてくれた」

更に、運は続いた。

「今日、そこの若いのが、己から飛び込んできてくれたことだな。助かるこった」

何しろとら次は、長崎屋から招かれた当人なのだ。江戸へ行けば、当然のように大店の戸は開く。大枚を抱えている店へ楽に入れるのだ。

「こんなに楽な仕事はないな。盗み放題だ。いや、嬉しい」

大阿倍屋は妙に優しげな顔を作り、とら次を見てきた。今回は特別に、鶴吉達雲助の命を、助けてやろうという。

ただし、だ。

「分かってるよな。お前さんが素直に、この大阿倍屋の言うことを聞いたらの話だ」

わざわざ雲助達を助けに来たのだ。もちろん、大阿倍屋の言うことを呑《の》むよなと、盗人の頭は勝手なことを言う。

「とら次さんとやら、江戸へ行って、長崎屋から大枚を持ち出してきな。小判を俺の前へ並べたら、この鶴吉達を放してやる」

そう言い切った親分の顔は、偉そうで、立ってもいないのに、こちらを見下ろしてきているかのようだ。

だが大阿倍屋は直《す》ぐ、眉間《みけん》に皺《しわ》を寄せた。とら次とくま蔵が、揃《そろ》って笑ったからだ。

「何がおかしい」

「いや、大阿倍屋さんは、大盗人の風格だけはあるみたいだけど。でも、今まで江戸で襲ったのは、小さな店ばかりなのかい？　戸が開けば、盗みは簡単だと思ってるみたいだ」

文をくれた長崎屋は、本物の大店なのだ。薬種問屋《やくしゅどんや》と廻船《かいせん》問屋、二軒持っている。余所に沢山、蔵もある。多くの奉公人達と、出入りの水夫《かこ》らを抱えているのだ。

「おれとくま蔵が、中へ入れたとする。でもね、盗人だ、金を寄越せって怒鳴ったって、どうにかなる店じゃないんだ」

店で奉公人を脅したら、布団《ふとん》の山でも降ってきて、埋められてしまう気がする。そこから出ようともがいている間に、とら次とくま蔵は、捕まえられてしまうわけだ。

「どうお気楽に考えても、無理。おれ達は奉行所に捕まって、仕置きされるだけだ」

もしや最初から、二人を江戸で失敗させるのが目当てかと問うと、大阿倍屋は口を尖《とが》らせ、違うと言う。

「なら、うちの奉公人達を、何人か一緒に行かせよう。夜の仕事に慣れている奴《やつ》らだ」

そう言って、大阿倍屋が小吉達へ目を向けたので、とら次は短く問うた。

「何人、江戸へ行くの？」

「そうさな、四、五人も同道させようか」

「五人？　無理だ。それじゃおれ達だけ行くのと、変わらないよ。お頭さん、本当にろくな悪さを、してきてないんだな」

これを教える気はなかったが、長崎屋には奉公人の数を上回る、妖《あやかし》達が住んでいるのだ。数多《あまた》の小鬼《こおに》、おかみを守る守狐《もりぎつね》、若だんなと暮らす兄《にい》や達と、付喪神《つくもがみ》などなどだ。町中の店だというのに、訪れた長の虎が驚くほど、店は妖であふれていたらしい。

「言っただろ。大店は二軒並んでるって。一軒で騒いだら、もう一軒の奉公人達が外へ助けを求めて、あっという間に大騒ぎになる」

五人で盗みに入っても、返り討ち、必定《ひつじょう》であった。すると大阿倍屋が、こめかみに青筋を浮かべ、とら次を見てくる。

「てめえ、わざわざこの大阿倍屋へ来ておいて、江戸へ行かない訳を、並べてんじゃねえ」

「おれらは江戸へ行かないなんて、言っちゃいないさ。鶴吉さん達は、取り戻したいもの」

大阿倍屋ときたら、猫の代わりに鶴吉達を、あの世へ送ってしまいそうなのだ。鶴吉達が、横で頷《うなず》く。

「そうだよなぁ。この鶴吉は、まだ死にたくない。とら次さん達、何とかしてくれや」

「でもさ、もし江戸の大店へ押し込むなら、端《はな》から無理な数で行くのも、ご免なんだ」

捕まると分かっている盗みなど、やりたくはないと、とら次は言い張った。そして、ここでずいと身を乗り出すと、大阿倍屋の目を覗《のぞ》き込む。

「お頭、この店に、盗人仲間は何人いるんだ？　頭のお前さんを入れてだ」

「じゅ、十一人だ」

他に二人いるが、歳《とし》を取って、もう盗みには加わっていないから、それだけだと言う。とら次達は、顔を見合わせてから頷いた。

「おれ達と合わせて、十三人。それでも、ちょいと少ないな。まぁ、鶴吉さん達も連れていきゃ、十五人にはなるか」

「おいっ、こちらの仲間を全部、江戸へ向かわせる気か。それに鶴吉らを、外へ出しゃしねえよ。駄目だ！」

大阿倍屋がびしりと言い、今度はとら次達が、言葉を引っ込める。ただ。

「なら、おれ達十三人が江戸へ行ってる間、鶴吉さん達のことはどうするの？」

十三人で江戸へ行くという話をこしらえ、問うてみる。すると頭は、行かないとは言わなかった。話を先に進めたのだ。

「おれ達が戻ってくるまでの間、鶴吉達は、残した二人に見張らせることにする。しばらく人手が減るから、大阿倍屋で働かせるさ」

手下達は頷いたが、実を言うと、この時とら次は少しばかり呆《あき》れた。

（盗みも無理な爺《じい》さん二人に、鶴吉さん達を見張らせとくの？　喧嘩になったら、鶴吉さんには勝てないと思うけど）

つまりとら次達が頭を連れ出せば、後は鶴吉達自身が、何とか出来ると思われた。

（やった。こっちは、もう大丈夫だ）

ほっとする。ちゃんと鶴吉達を、助けることが出来たのだ。ただとら次達は代わりに、大いなる問題を抱えてしまった。

（どうしよう、おれ達、これから長崎屋へ、盗みに行くんだろうか）

とら次は、薬を届けに行く筈だったのに。どうしてこんな羽目になったのか、しばし考え込んでしまった。

6

口入れ屋大阿倍屋での仕事を、奉公人達に任せ、旅支度を調えるのに、それから二日かかった。

保土ケ谷宿は江戸から近いので、大仰《おおぎょう》な支度は要らないはずと、とら次は思っていたのだが、そうはいかなかったのだ。

「おれ達は、一昨日《おととい》の内に江戸へ着いてたはずなんだ。余り行くのが遅いと、長崎屋の皆が不審に思うよ」

すると店で事情を教えてきたのは、今や仲間となった小吉だ。

「でもな、旅は旅だ。ちゃんと旅支度を調え、宿のあちこちへ知らせてから店を出ないと、周りから怪しまれる」

「細かく気を遣って、暮らしてるんだねえ」

ならばと、とら次は自分達の旅支度も調えるべきだと言い張り、文や、振り分け荷物を返して貰《もら》った。江戸への土産くらい、持っていなくては格好が付かないとも言って、きつね膏薬まで大阿倍屋から取り戻したのだ。ただもちろん、金は戻ってこない。

そして旅立ちの日、見送ってくれた鶴吉達へ、こう告げて別れた。

「大丈夫、その内、江戸から戸塚へ帰るから。その時、また会おう」

「じゃあおれ達は、それまでこの宿にいる。どれだけ時が掛かろうと、必ずいる」

庇《かば》ってもらって助かったと、鶴吉は真面目《まじめ》に言ってきた。とら次達が店に乗り込んで来るまで、大阿倍屋達は思い出したように、鶴吉らを殴っていたらしい。

「代官所に捕まるなよ。いや、江戸に代官所はないのかな？　無事に帰って来い」

その時、とら次はさっと書き付けを、鶴吉の袖内《そでうち》へ落とした。

「あの鶴吉さん、それ、隣まで頼む。届けてくれ」

「えっ？　何だ、こりゃ」

だがそれ以上、あれこれ言う間はなく、十三人は昼には間がある刻限に、保土ケ谷を発《た》った。旅をするときは誰もが、朝も早くに宿を立つものだと虎が言っていたが、随分遅い出立だった。

「旅が、段々妙なものになっていくぞ」

歩きつつ、横を行くくま蔵を見ると、相棒も苦笑を浮かべている。

「世の中には、百の罠《わな》が待ってるみたいだ」

初めて世間を見るとは、こういうことだったのか。とら次は今回のことで、はっきりと一つ、腹に収めた言葉があった。

（おれは弱い。思いも掛けないことに出会った時、まだ、上手《うま》く立ち回れない）

誰かを助ける力も、十分ではなかった。今のとら次では、猫又《ねこまた》として、手ぬぐいの柄にして貰うことなど無理なのだ。

（これじゃあの人にも、格好いいと思っちゃもらえないわな）

それが酷く寂しかった。だが、自分の弱さが分かったとき、とら次には、やらねばならないことが見えてきたのだ。


保土ケ谷から江戸へ向かうと、隣は神奈川宿だ。間は二里もないから、一時程で歩けるはずで、遠いとはいえない。途中、海が見える右手の坂沿いに、二階建ての料理屋がずらりと並んでいた。とら次達は是非、店で食べてから、旅を続けたかった。だが大阿倍屋から金が無いと、にべもなく断られてしまう。

「あそこの料理屋は、高いんだよ」

「味は？　まずいんですか？」

「美味《うま》い。でも高い」

「食べさせて下さい。いや、金を返してくれたら、己で食べます」

「両方駄目だ」

「頭達は、やっぱり大した盗みなんか、できちゃいないんだな。食い物代をけちるなんて、金が無い証だ」

　正直に言ったら、小吉にぼかりと拳固を食らった。痛くて泣けてきた。

　結局、神奈川宿では休み無しで、昼餉《ひるげ》に干し芋を貰ったとら次は、歩きつつ食べ、頬を膨らませる。くま蔵は、芋だけでは足りないと言ってから、大阿倍屋へ目を向けた。

「あの……どうしてなんですか？」

「何がだ」

「お店のご主人が、なぜ盗人になったんですか？」

保土ケ谷宿は、賑《にぎ》やかな東海道にある宿場町だ。口入れ屋も工夫次第で、商売を大きくすることが出来るだろう。

「なのにどんな訳で、盗みに走ったのかなと。不思議に思いまして」

大阿倍屋の手下達から、もの凄《すご》い目で睨《にら》まれた。だが大阿倍屋は道を歩みつつ、思いの外あっさりと事情を話してきたのだ。歩いている時の話は、同道の者以外には、存外聞こえないからかもしれない。

「宿場の口入れ屋が、盗人になったんじゃない。街道沿いで盗みもしてた、ある雲助達の頭が、嫁を得て口入れ屋に入り込んだだけさ」

店の奉公人と身内、それと、連れて行った手下達全《すべ》てを、店の上がりだけで食べさせることが出来なかった。それで今も、盗人を続けているのだと、大阿倍屋は淡々と言葉を続ける。

「馬鹿《ばか》と分かってても、やっちまうことはあるんだよ」

とら次達が無謀を承知で、大阿倍屋へ乗り込んできたようなものだと言われ、納得出来るような、したくないような、妙な心持ちになった。

（ああ、この頭は自分だけ盗人雲助仲間から抜けて、裕福な暮らしをすることが出来

なかったんだな）

乱暴者だし、手下達は猫に酷いことをしたし、好かない男だと思う。だがとら次とは、比べものにならないほど偉いお釈迦《しゃか》様なら、天上から細い蜘蛛《くも》の糸を垂らして救いそうな、何かがある気はする。

それでとら次は、試しに言ってみた。

「あの、止《や》めてみませんか？」

「何だ、やっぱり、知り合いの長崎屋で盗みを働くのは、怖《こ》ええか？」

「今回のことだけじゃ、ありません。盗人を止めてみないかって言ったんです」

「ほう」

「元々手下の皆さんは、雲助の仕事で、食べていけてた筈《はず》です。口入れ屋も同じだ」

二つの仕事を分けて、それぞれが食えるようにするのが、一番にやることだ。そうすれば、盗みはせずに済む。

ただ、ずっと雲助をやっていくのは、歳を取ったら大変かも知れない。

「だから、そこは大阿倍屋さんの出番です」

そもそもが、人に仕事を回すのが商いの、口入れ屋なのだ。先々、別に一つ店を作る気で、近くの雲助達をまとめ、仕事を融通していくというのはどうだろうか。歳を取ってきた雲助が、そういう商いの裏方をやるわけだ。

雲助しかやったことがないと、最初は商いのことなど分からなかろう。だから口入れ屋の奉公人に、手助けさせればいい。

「ああ、とら次、そりゃ、いい考えだな。大阿倍屋さん、やってみませんか。結構何とかなることって、多いもんですけど」

くま蔵も、芋を食い続けるよりいいと言葉を添えるが、大阿倍屋は笑い飛ばした。

「そんな、ご立派な考えを押っつけてきたって、納得出来ねえな。雲助の稼ぎで、裏方まで食える訳がねえ。口ばかりの思いつきだろ。お前さん達が、やるわけじゃなしな」

だが、とら次は結構本気で言ったのだ。

（世の中、納得出来なくても、思いも掛けない運に出会うことはある。そう、おれには確かにあったんだけど）

例えばどの猫が猫又になるかは、実は結構分からない。とら次とくま蔵には、五匹ずつ兄弟がいて、皆、貰われた先で可愛《かわい》がられていたが、ほかに猫又になれた者はまだいない。実は二人の親達も、既に亡《な》くなっている。

だが、とら次達は猫又になれたのだ。驚いた仲間は多かったと思う。

「お頭、何がどんな運に繋《つな》がるのか、本当に分からないんだよ。なら、とりあえず出来るかどうか、やってみてもいいと思うんだけど」

「けっ、お前さんが今回、店が建つほど稼がせてくれたら、考えてやろうさ」

今回の盗みは、仲間の先々を掛けた、一世一代の勝負だと、大阿倍屋は口にする。

「そうだね、大勝負になるはずだ」

とら次達も頷き、せっせと江戸へ歩んで行った。

じきに、道をゆく旅人達が増えていく。江戸が近くなるに従って、人が多くなってきたのを感じた。

（ああ、旅の終わりが近づいてきてるんだ）

この先には長崎屋があって、そこで盗みを働けと言われている。だから今は、どう考えても、しみじみ旅を思い返す時ではない。

だがそれでも、つい考えてしまう。

（旅ってぇのは、とんでもないものだった。でもきっと一度は、外へ出てみなきゃ、いけない気がする）

たとえこれから、更に頭を抱えるようなことが、待っていたとしても、だ。今、この時は、自分にとって必要に違いないと、とら次には思えてくる。

（まあ、まだ一勝負、この先で待ってるわけだけど）

ただ腹をくれたと思っても、やっぱり辛《つら》いこともあった。川崎宿で、有名な米饅《よねまん》頭《じゅう》を売る鶴屋《つるや》や亀屋《かめや》の前を通ったが、買ってもらえなかったのだ。より江戸へ近づいた品川宿では、顔を真っ白に塗った姐《ねえ》さん達が、近づいて来て袖を握ったが、頭以下、誰も足を止めないでいた。どう考えても、金がないからに違いない。

（保土ケ谷じゃ、死ぬほど威張ってたくせに。賊がこんなに貧乏で、いいのかいな）

とにかく、とら次はもう、甘い物などねだらなかった。

7

「草臥《くたび》れたよう。一日で江戸まで突っ切るのは、結構難儀なことなんだな」

保土ケ谷宿を発つのが遅かったからか、江戸との境である、高輪《たかなわ》の大木戸へ着いた頃には、夕暮れが迫っていた。

「お頭、もしかしたら、暗くなってから長崎屋へ着けるように、ゆっくり出たのかな？」

思いついて問うてみると、大阿倍屋も小吉達も笑っている。

一方、横にいるくま蔵も、さっきから笑みを浮かべていた。その肩には、小鬼が二匹乗っていたのだ。

人には姿の見えない小さな妖、鳴家《やなり》達で、大木戸のところで大勢、待っていた。とら次や頭達が、街道から木戸の内へ入ろうとすると、虎とそっくりだと言い、二匹だけが寄ってきて、後はどこかへ消えた。

「きゅい、長崎屋、あっち」

初めての江戸で、しかも次第に暗くなってきたから、とら次達は道に迷いそうになった。すると小鬼は、親切にも行き方を教えてくれ、助かる。

ただ姿は見えなくとも、人にも妖の声は聞こえるから、鳴家とあれこれ話すわけにもいかなかった。そうして江戸を歩んでいく間に、夜が訪れ、道は段々暗さに包まれていった。

「やっと着いたのに、これじゃお江戸の町を、ろくに見る事も出来やしない。お頭、今までは、どの辺で泊まってたんですか？」

とら次が問うと、小吉が答えてきた。江戸ではほとんど、泊まりはしていないという。

「暮れた後、不用心な家や開けやすい蔵から、売れそうな物をちょいと頂くんだ。それから、町の木戸が閉まる前に、奉行所が取り締まる場所、墨引の内から逃げておく」

江戸の同心達は、決められた場所の外へは捕まえに来ないからだ。大阿倍屋達は、寺や神社などの隅に身をひそめ、明け六つ、高輪の大木戸が開くのを待って、街道へ逃れ、より遠くへゆくのだ。

「そりゃまた、地味な盗みをしてたんですね。保土ケ谷じゃ、自分達は大盗賊みたいなこと言ってたのに」

「うるさい。男が大きなことを言うのは、当たり前だ。なめられちゃ、雲助は街道でやってけないんだよっ」

小吉がまた拳固《げんこ》をふるってきたが、今度は避けた。とら次も段々、慣れてきている。話し、歩んでいく内に、夜が深くなってゆく。

大木戸をくぐった先は、最初、今までと似た眺めであった。その後、町屋や武家地が続いた。

そして気が付くと、戸塚では見ない程、大きな家々が、目に付くようになってきた。月の下、道の両側に並ぶのは、土蔵造りで瓦《かわら》屋根の、立派なものばかりになったのだ。

とら次は戸塚で虎に、宿には本陣が二軒あると、威張って言った。だが暗い中でも、周りにあるのは、どれも本陣に出来そうな程大きな店だと分かる。脇道《わきみち》の先にも、どこまでも家並みが続き、江戸は不思議な程、大きかった。

「うへっ、この辺りにゃ、大店ばかりが揃ってるみたいだな。やたらとでかいや」

くま蔵は、小吉の言葉を聞き逃さなかった。

「おや、やっぱりお前さんも、夜の押し込みなんて、慣れてないんじゃないですか？」

「くま蔵やとら次がいれば、何とかなるんだよ！　何しろ長崎屋では、中から戸を開けてくれるんだろうから」

小吉が強がりを言ったとき、突然、夜の中から声が湧《わ》いた。

「ひゃひゃひゃ、そうかね」

「おれはそうは、思わないけどな」

皆がびくりとして、辺りを見回す。月が雲の間から顔を出していたが、青い月の光を受けた町の通りには、人の姿はなかった。

江戸では暮れると、大方の者は、さっさと仕事を終える。明かり代が高いし、火を使うと、火事が怖いからだ。店も閉まるから、一気に人通りも少なくなってゆく。皆、夕餉を食べ、早々に寝るのだ。

「何だ、誰もいないよな。空耳か？」

「きゅい、あそこ」

この時、くま蔵の肩にきた小鬼が、真っ直ぐ、通りの先にある黒々とした影を指した。大きな二階建ての店で、背後に三つも蔵の影が被《かぶ》さっている。

「ああ、あそこが長崎屋です」

とら次が頭へ言うと、店が思っていた以上に大きかった為《ため》か、大阿倍屋の皆は、一寸揃って黙ってしまう。

そしてその沈黙から、最初に気を取り直して口を開いたのは、頭であった。

「おや、良いじゃないか。周りの店は、どこも大戸を下ろしてるしな。人通りもない。つまり、ここで押し込みをしても、我らの盗みを見ている者はいないんだ」

それでも長崎屋へ近づくと、頭の顔までがこわばってゆく。するとここで、また異変が続いた。夜の中から問いが湧いたのだ。

「あのさぁ、本当に、押し込みなんかして、いいんですか？」

「えっ？」

頭はとら次の方を見て、首を傾《かし》げている。

「とら次、妙な声、出したか？」

とら次が首を横に振る。くま蔵も、己が話したのではないと口にした。頭が声を低くする。

「じゃ、誰が話したんだ？」

すると。その問いに答えるかのように、また幾つもの声が聞こえてきたのだ。今度こそ、とら次やくま蔵の声でないのは確かで、大阿倍屋の面々が浮き足だっていく。

「とら次、やっと来たのか。江戸まで何日かかってるんだ」

「あれま、あれが保土ケ谷宿の、賊ですか」

「嫌だねえ、威張った顔だよ。そのくせ、大したことなんか、出来そうにないときた」

「きゅい、阿呆《あほう》」

「だっ、誰かいるのかっ」

夜へ目を向けても、月下には、顔を引きつらせた己達だけしかいない。とら次は皆の狼狽《うろた》え様に構わず長崎屋へ近づくと、軒の陰になっている、真っ黒な大戸へ片手をかけた。

「大阿倍屋さん、いいんですか？　おれ、長崎屋へ入りますよ。そうしたらもう、何もなかったでは、済みませんよ」

「とら次、とっとと、戸を開けさせろ！　大阿倍屋には正月の餅《もち》を買う金が、入り用なんだよっ」

「うへぇ、そこまで困ってたんだ。じゃあもう、盗みは止め時ですよ。盗みを続けても、食べていくのは無理みたいだから」

ねえ、お頭と言った途端、とら次の体は、まるで闇《やみ》の中へ吸い込まれでもしたように、すうっと消えた。

「えっ？」

くぐり戸が開いたのかと、大阿倍屋の面々が大戸の辺りを見つめたが、そこには小さな戸などなかった。

「くま蔵、とら次はどこへ行ったんだ？」

何人かが振り返ったが、問いの先にあったのは夜の通りだけ。くま蔵もいない。

「あ、あれ？」

その時、雲が月を隠した。何故だか夜鳴き蕎麦《そば》すら通りかからず、夜なべ仕事の明かりすらなく、通町《とおりちょう》は一面の闇になる。

すると突然、賊の足を握る者がいたのだ。地の底へ、引っ張る誰かが現れた。上がった悲鳴に、不可思議な声が重なった。

「こやつら、懲《こ》らしめねばならねえよっ」

「猫を狩ったな。皮にしようとしたなっ」

「長崎屋を襲う気だったとは」

「ふてぇ野郎だっ、こうしてくれるわ」

訳が分からない相手から摑《つか》まれ、慌《あわ》てふためいた者が逃げ出したが、己の手も見えない闇の中だ。直ぐに、とんでもない勢いで建物にぶつかり、ひっくり返って動かなくなる。

「やだっ、嫌だようっ。小さいものが体中を触る」

夜にとんでもない声を響かせ、手下が走り回る。それを止めることも出来ず、頭の大阿倍屋が強《こわ》ばった声を上げた。

「誰だっ、顔を見せなっ」

「猫だよ。お前さん達に殺された、猫の恨みが、仕返しをしてるんだ」

「呪《のろ》いだよ。お前さん達に盗まれて、壊れる羽目になった付喪神達が、呪いを残したのさ」

「貧乏神に見込まれたんだよぅ。ああ、正月に餅を食えないかもな」

頭は必死に闇を睨んでいるが、周りから聞こえていた手下達の声が、段々なくなっていく。途絶えてしまう。

その内、どちらが空なのか、分からなくなったのだろう。誰も打ち倒してはいないのに、頭が地面に膝《ひざ》をついた。立ち上がれなかった。

「こんっ、ああ、いい気味です」

そこへ、情けない声が響いてゆく。

「ひゃあ、済みません、長、済みません」

「虎さん、おれ達、何とかしなきゃと思って。本気で考えて……」

半泣きの声が、とら次とくま蔵のものだと分かったらしい。その時、大阿倍屋は顔をさっと上げると、大きな声を上げたのだ。

「とら次、無事か。くま蔵は大丈夫なのか」

途端、闇の中からわき出ていた剣呑《けんのん》な響きが、ぴたりと止んだ。夜までが、時を刻むのを止めたかのようであった。

そしてしばしの後、夜の中に、困ったようなつぶやきが聞こえ始める。

「おしろさん、何であいつが、とら次とくま蔵のことを案じるんだ？」

「屏風《びょうぶ》のぞきさん、そりゃ、あの頭が江戸まで、連れてきたからじゃありませんか？」

賊だろうが盗人だろうが、あの男は頭だ。そして猫又の二人は、しばし、その配下にいたのだ。

「だからとら次達を、守る気なんですよ」

「ひゃひゃ、こんな時にか？　己の身一つ、守れないでいるのに」

不思議そうな声は続いたが、しかし、もう大阿倍屋の誰かが、夜の中で襲われることはなくなった。そしてじき、闇からの声は頭へ命じてくる。

「帰んなよ。頭、保土ケ谷宿へ帰れ。そして二度と、江戸へ来るんじゃない」

また顔を見せたら、今度は闇の中へ引きずり込むぞと、声は脅してくる。しかしもう、その脅しに、震えが走るような恐ろしさはなかった。

「ひゃひゃっ、お前さんは己の宿で、必死に働きなよ」

貧乏神に、捕まらないように。

「正月の餅代を稼ぐんだな」

「きゅい、金次《きんじ》、保土ケ谷まで行くの？」

「あそこは遠いなぁ。大木戸の向こうだぞ」

ここで頭が問う。

「とら次はどうなった？　くま蔵は？」

これには、厳しい答えが返った。

「とら次とくま蔵は、己の役目を果たさにゃならん。おれはあいつらに江戸へ、薬を届けろと言ったんだ」

そのための旅だったのだと、声の主は言った。

「あ、ああ。そういえば、そう聞いたな」

「もう二人のことは、気にせんでいい。あいつらは、江戸へ着いた。己の役目に戻るのさ」

ゆっくり頷き、立ち上がった頭へ、声は語り続ける。

「頭、あんた、盗賊には向かんよ」

脅して連れてきた仲間を、こんな時に案じているようでは、非道にはなれない。だから。

「さあ、倒れてる手下達を、連れていくんだな」

屏風のぞきが優しいとか、阿呆とかいう声が急に遠のくと、長崎屋の前は、まるで何事もなかったかのように静まった。すると、じきに雲も切れ、辺りは柔らかい月光のおかげで、妖ではなくとも物が見えるようになってゆく。

そして小半時もしないうちに辺りから人影が消え、通町は再び落ち着いた夜に戻っていった。

8

とら次とくま蔵は、いつ戸塚の長、虎へ、助けを求めると決めたのか。長崎屋で若だんなに問われた時、とら次は、旅の二日目であったと話した。

旅の初日、小吉達に殴られて、保土ケ谷宿の宿屋へ逃げ込んだ。そこで一晩寝た後、目を覚ました天井裏で、己の弱さを覚《さと》ったのだ。

「きゅい、二日目、早い」

「戸塚の長へ文を出したのは、保土ケ谷宿を出る時です。隣の宿までなら、雲助ならひとっ飛びだ。鶴吉さんへ頼みました。見張りの爺さんに止められるわけないしね」

長崎屋が賊に目を付けられたことや、猫達を助けてもらった知り合いを、救わねばならないことを書き、とら次は戸塚へ送った。情けないことに、自分達だけでは、この騒ぎを綺麗《きれい》に終わらせる目処《めど》が立たない。だから力を貸して欲しいと、猫又の長へ縋《すが》ったのだ。

虎は江戸へ向かい、保土ケ谷宿で手間取っていたとら次達よりも、早く着いていた。長崎屋の妖達が力を貸してくれたので、店への押し込み強盗などは起きず、ことはあっという間に収まっていったのだ。

そしてとら次とくま蔵は、その後、それはそれはしっかり、虎から叱《しか》られてしまった。

「本当に、心配ばかりかけやがって。唯一《ゆいいつ》、良かったところは、自分の力が足りないと、直ぐに見極められたところだな」

「長、それって随分と、情けないってことですよね」

側《そば》で、以前戸塚へ来ていた四郎が話を聞いていたので、とら次は泣きたいような気持ちになった。

(いや、四郎さんというより、今はおなごの姿に戻ったんだから、おしろさんというべきかな)

真っ白な毛並みの、綺麗な猫又だ。とら次としては、道中でかわいい櫛《くし》でも買って、土産に渡したかったのだが、金を大阿倍屋に取り上げられていたから、それも叶《かな》わなかった。

(情けねえよう)

長の小言が済んだ後、若だんなは約束通り、江戸で芝居や盛り場へ連れて行ってくれた。だがとら次自身が、虎を戸塚から呼んでしまったものだから、おしろはずっと虎と話していて、惨《みじ》めであった。

気が付けば、虎やくま蔵と、江戸から戸塚へ帰る日になっていた。そして帰路の途中、保土ケ谷宿へ寄ったのだ。

「鶴吉さん、亀助さん、無事に放してもらえたんですね」

雲助の二人は何事も無かったかのように、街道で働いていた。境木の茶屋辺りで見かけて話すと、江戸から戻ってきた大阿倍屋は、前と変わらないように見えると言ってきた。ただあれきり、保土ケ谷宿から余所《よそ》へ、出向かなくなったらしい。

「そっか、新しい店を開くようけしかけたんだけど、まだ動き出してはいないのか」

しかし、賊は止めたようだ。鶴吉は話の途中、首を傾《かし》げた。

「新しい店？」

まあ、大阿倍屋がやりたいと思ったところで、金はさっぱりない様子だったから、直ぐには無理に違いない。何事も、手妻のように成すことは難しいのだ。

鶴吉は宿の茶屋で、ぼた餅を二人に食べさせてくれた上、とら次へ一つ、手のひらに乗るほどのものをくれた。見れば、使いやすそうな木の櫛であった。

「助けてくれた礼だ。盗んだものじゃねえぞ。知り合いが作ってるんで、安くしてもらえた」

何しろ、とら次達が江戸へ行く支度をしていた間、くま蔵が心配していたからと、鶴吉は告げてくる。亀助が笑った。

「とら次さんは、おなごに惚《ほ》れてるんだって？　相手は多分、高嶺《たかね》の花なんだそうだ」

なのに金が無くて、このままでは江戸土産も渡せないという。

「良かったら、この櫛を渡してくれ。今回のことは、本当にありがとうな。ずっと覚えてるよ」

「おれもだ。旅に出られて良かったよ。今なら素直に、そう思える。また会えたらいいな」

ただ。ここでとら次は、くま蔵の方を向いた。そして相棒へ向け、目をつり上げて言う。

「要らないことを、余所で話すんじゃない。戸塚へ伝わったら、どうするんだ！」

「そいつは心配いらないよ。今頃戸塚の皆は、おしろさんのことも含め、全部承知してる」

何しろ江戸で、大きな騒ぎがあったのだから。長の虎が、事細かに全てを、宿へ書き送ったらしい。とら次が江戸でおしろをずっと見ていたことも、全部だ。よって皆、誰がとら次の意中の相手か、十分分かっているという。

「戸塚の皆が知ってる、だって？」

この世には、試練が一杯だ。がくりと肩を落としたとら次の肩を抱き、くま蔵が笑いながら歩き出した。先の方から虎が呼んでいる。

とら次達は、街道を駈《か》け出した。

またあおう

1

江戸は通町《とおりちょう》にある廻船問屋《かいせんどんや》兼薬種《やくしゅ》問屋、長崎屋《ながさきや》の若だんなが、またしても急に病んだ。高熱が続いたので、薬湯を飲みつつ、離れで寝ている事になったのだ。ただ、長崎屋は先代の妻、おぎんが大妖《たいよう》であったため、妖《あやかし》達との縁が深く、若だんなは一人になったりはしない。馴染《なじ》みの妖達が、日々、離れに顔を出しているのだ。

十日前も、先月も、三月前も、寝付いていた若だんなは、病の玄人《くろうと》だった。だから妖達も既に、看病の手練《てだ》れとなっているのだ。

そして今回は、いつもと少し様子が違い、看病以外に、妖の用が一つ増えた。貧乏神の金次《きんじ》と、付喪神《つくもがみ》の屏風《びょうぶ》のぞきは、先から長崎屋で、奉公を始めている。よって今日、若だんなの代わりに、主《あるじ》藤兵衛《とうべえ》のお供をすることになったのだ。

藤兵衛の知り合い、茶人の遊庵《ゆうあん》が、深川で〝連《れん》〟を開く事になっていた。連は趣味人の集いで、寝付くことの多い若だんなは、その連へ、まだ加わったことがなかった。ただ今回の連は、面白き書や巻物、絵を見せ合う場になるという。若だんなが、品々を見たがったので、息子に甘い藤兵衛は、付き合いに連れて行くと約束していたのだ。

なのに……またしても病で出かけられなくなり、がっかりした若だんなの熱が、一段と上がった。兄《にい》や達が慌《あわ》て、妖達の出番となった。

「金次と屏風のぞき……じゃなかった、奉公人としての名は、風野《かぜの》だったな。とにかく二人は、連の様子をよく見て、若だんなへ色々、話して差し上げてくれ」

既に、藤兵衛の許しは得ている。

「ほいきた。なぁに、お楽しみの会に行って、そんときの様子を話すくらい、簡単にできるさ。仁吉《にきち》さん、心配すんなって」

金次は安請け合いだと言われる程、暢気《のんき》に言った。一方屏風のぞきは、連が何かよく分からないと言い、横で首を傾《かし》げている。

「えーっと、男どもが集って、古い本や絵について、あれこれ言い合う会、とな。宴会じゃないのか。何が面白いのかね？」

すると金次が、きっと古い品々は、付喪神になっているんだろうと言い出した。

「で、客が下した品の評価が正しいか、付喪神達と楽しく語るんだろう。えっ？　妖は話さないのか？　なら本当に、連で何をするんだ？」

兄や達は、溜息《ためいき》を漏らした。

「無事、勤めを果たしたら、若だんなの熱が下がった時、ご馳走《ちそう》を用意しよう。おや、急に張り切るじゃないか」

そこへ母屋《おもや》から小僧が来て、藤兵衛旦那《だんな》は程なく出かけるから、金次達も早く来るよう伝えてくる。すると、若だんなの手ぬぐいを換えていた猫又《ねこまた》のおしろが、開いていた障子戸の隙間《すきま》から空を見上げ、傘を持っていけと言った。

「西の空の雲が、妙な色です。私の髭《ひげ》も、変に震えてます」

大雨が降るかもと言ったのに、金次はそのまま部屋から出てしまう。一方、屏風のぞきは、ちゃっかり傘に乗り、自分も行くつもりの鳴家《やなり》達を見て、口をへの字にした。

「おい、小《こ》鬼《おに》は連へ来いと、言われてないだろう？　あん？　早く母屋へ行かないと、置いて行かれるって？　わあっ、大変だよ」

慌てて傘を摑《つか》み、屏風のぞきが飛び出して行く。

若だんなは高熱を出したまま、寝てしまっており、出かける二人は、見送りの言葉を貰《もら》えなかった。

2

茶人の遊庵は今日、深川の料理屋春寒亭《しゅんかんてい》にて、趣味人の集い〝連〟を開いた。料理屋は、二つの堀川に挟まれた地にあり、庭が広く美しい。離れに顔を出すと、既に連の面々が集っており、藤兵衛は、若だんなが病で来られないことと、会の様子を伝える為《ため》、二人の奉公人を伴ったことを告げた。

真面目《まじめ》な顔で名乗り、頭を下げた妖二人を、客達はあっさり受け入れた。

「金次と風野か。私は商人《あきんど》の大亀屋《おおがめや》、隣が駒場屋《こまばや》さんだよ。徳内《とくうち》さんと外山《そとやま》さんは、職人だ。若だんなに、よろしく伝えておくれ」

向かいには、武家の志野竹《しのたけ》がおり、集まった連の者達は、金次と風野を合わせ、九人であった。

職人の徳内と外山は、藤兵衛が持参した古い料理本の写しと文箱《ふばこ》を、さっそく見ている。

「今日は絵巻や本など、絵が入ったものを楽しむ会です。長崎屋さんが持って来られたのも本ですが、それを入れてきた文箱もいいですねえ。狐《きつね》の絵だ」

職人達は、文箱の模様に興味津々《しんしん》の様子であった。

「先代のおかみ、おぎんの持ち物だった品でして。長崎辺りで作られたと、聞いています」

「きゅい、きゅい、良い」

いつの間にか、傘から文箱へ移っていた小鬼達が、居心地が良いと影内で頷《うなず》いている。

その日、連に集まった品は、平安頃の絵巻に、美人の一枚絵、掛け軸が三つ、屏風と本、草双紙《くさぞうし》などであった。どれも古い物ばかりで、持ち主達が蘊蓄《うんちく》を語りだすと、金次と屏風のぞきは部屋の隅に座り、小声で話し始めた。

「風野さん、良い品ばかりだと思わないかい？　やはりというか、集まった品の内、幾つかは付喪神だ」

「絵巻と草双紙は、仲間だね。でも絵巻の方は、気位が高そうだ。そっぽを向いてるよ」

草双紙へ話しかけてみようかと、屏風のぞきは言ったが、金次に止められた。付喪神の気が小さく、驚いて逃げ出したら、大騒ぎになるというのだ。

「後から佐助《さすけ》さんに、拳固《げんこ》を喰らうぞ」

じきに離れへ、料理や酒が運ばれ、座は一層盛り上がった。すると客達が呑《の》んでいる間に、人には見えない鳴家が、文箱から出て、全《すべ》ての品を確かめにかかる。

「きゅい、付喪神は、絵巻、草双紙、難しい本、屏風、掛け軸。いっこずつ」

我慢できないのか、鳴家達は付喪神を触っている。金次が小声を向けた。

「こら、鳴家。勝手は駄目だって。早く戻って来い」

ところがこの時、表から大きな音が聞こえ、小鬼達は、雷かと縁側へ駆けていった。それから急ぎ戻ると、妖二人へ、天に黒雲があると告げたのだ。

屏風のぞきが慌てて主へ話すと、驚いた藤兵衛は障子戸を開ける。直《す》ぐに顔を顰《しか》め、皆に表を指し示した。

「遊庵さん、空模様が変だ。じき、雨が降ってきそうだよ」

連の面々がざわめく。

「なんと、怖いような暗い色の雲だ。ゆっくりしたかったのに、早めに帰ることになりそうかな」

すると大亀屋の声を搦《から》めとるように、強い風が吹き込んで来たので、急ぎ障子戸が閉められる。風が庭木を揺らし、がたがたと建具が鳴った。

「きゅんいー」

「妙な風だのう。これは、雨戸も立てた方が良かろう。雨が吹き付けてきたら、障子戸では保《も》たぬ」

武家の志野竹が立ち上がり、暗くなるのも構わず雨戸を閉めた。春寒亭の主が、母屋から行灯《あんどん》の火を持ってくると、急ぎ出ていった。

「いざという時、お泊まりになれるよう支度をして参ります。皆さま、ご安心下さい」

客の徳内と外山が、笑みを浮かべる。

「今日は良き品が揃《そろ》っている。持ち寄ったものについて、一晩語り明かすのも良いな」

だが、しかし。離れでの連を、夜通し続けることは叶《かな》わなかった。不吉な空模様は、やがてとんでもない雨を運んできたからだ。

降り始めて直ぐ、雨は本降りになった。風はうなり声をあげ、雨音と重なり、客達が話すのも難儀になっていく。

「雨戸を立てておいて、良かった。しかし行灯の火だけですと、せっかくの品々が、今ひとつ、良く見えませんな」

藤兵衛が残念そうに言い、志野竹も頷く。心残りだが早めに連を切り上げ、今日は酒盛りに変えようかと、大亀屋が言い出した。

だが、返事をしたものはいなかった。出来なかったのだ。

「おや……奇妙な音が近づいてくる」

突然、武家の志野竹が、すっと身構える。

「皆さん、急ぎ柱にでも掴まるように」

「えっ？」

何人かが、素直に柱などへ掴まったのと、妖二人が、藤兵衛に飛びついたのが、同時であった。金次と屏風のぞきは、咄嗟《とっさ》に文箱を抱えた藤兵衛を掴み、部屋の隅へと倒れ込む。小鬼達が、妖二人の懐《ふところ》へ飛び込んだ。

「きゅべーっ」

次の一瞬、木が裂ける恐ろしい音と共に、離れの屋根が吹っ飛んだ。

「うわぁっ」

「絵巻がっ、草双紙がっ」

派手に転んだ者が、悲鳴を上げる。畳に並んでいた絵や本が舞い上がり、飛ぶ。転がる。大雨が部屋へ吹き込んで、全てを濡《ぬ》らし始めた。

「おい、付喪神達を拾って、影の内へ逃げろ」

金次が小鬼をつかみ出し、濡れていく付喪神達へ放った。

「きゅんべーっ、鳴家は賢い」

小鬼達は掛け軸や本などを抱え、必死の顔で部屋から消えた。屏風のぞきが手を伸ばし、大きな屏風を摑んで影内へ放る。

しかしそれ以上多くの品を、影内へ入れるのは無理だった。雨が部屋に吹き込み、本体が紙で出来ている屏風のぞきは、もう動くこともできなかったのだ。部屋内で客達も、濡れたままうずくまり、ただ呆然《ぼうぜん》としている。

するとその時、金次が、雨風をものともせずに立ち上がった。

「へっ、このままここで濡れ続けるのは、嫌だね。風野、起きな。ここに居続けたら、すぐずぶ濡れになるよ」

そして藤兵衛を立たせると、二人の腕を摑み、壊れた離れから、料理屋の母屋へと駆けだしたのだ。

他の客達もそれを見て、どうにか起き上がると、必死に後へ続いた。母屋との間にあった廊下の屋根も吹き飛んでおり、庭木がなぎ倒されているのが目に入った。母屋の廊下に、春寒亭の主が来ていた。

「皆さん、無事ですか。ええと、九人揃っておいでですね？　吹き飛ばされてしまった方は、おられませんね？」

　幸い母屋は何ともなく、皆は濡れた姿で部屋へ入り、助かったと、ほっと息をつく。そこへ、志野竹の落ち着いた声が聞こえた。

「離れを襲ったのは、竜巻であろう。見てみよ、屋根が吹き飛ばされ跡形もない」

　客達は、自分達が居た場所を改めて目にすると、顔を強ばらせる。そして、命があったのは運が良かったと、慰め合っていた。

　ただ母屋の隅で、影内の様子を確かめた金次と屏風のぞきは、渋い顔になった。春寒亭の離れにあった品々は、傷を負っていた。小鬼達に問うてみたところ、屏風のぞき達が助けた付喪神達すら、濡れ、弱っている。

「付喪神は、紙で出来てる。大事《おおごと》になってしまった。さて、どうしようか」

　妖達は頭を抱えた。今日出会った付喪神達は、連の者達が持ってきた品で、長崎屋のものではないからだ。

（そんな品々を、どうやって助けたらいいんだ？　若だんなが居りゃ、何とか上手《うま》い案でも、出してくれたかも知れないが）

　屏風のぞきがうめく。

だが、後でこの災難を聞いたら、若だんなはきっと、濡れた付喪神達の事を心配する。そして、古き付喪神達が何者なのかを承知し、損なわず修理することが出来るとしたら、おそらく長崎屋だけであった。

(しょうがない、こうなったら真っ正面から、修理させてくれって頼むだけだ)

皆が母屋の部屋で落ち着くと、屏風のぞきは連の客達へ、そろりと言ってみた。

「その、あの、ですね。うちの主が持ってきた本ですが、随分濡れて、酷《ひど》いことになっちまってるんですよ」

良き品なので、何とか修理しなくてはならない。そして……。

「そのぉ、長崎屋の若だんなであれば、古き品を上手く、直せるんですが」

「おや、そうだったかい?」

奉公人の突然の言葉に、藤兵衛が驚いている。すると金次が、屏風のぞきに加勢した。

「旦那様、そりゃ表具屋《ひょうぐや》や、本屋が直した方が、確かだと思うだろうし、餅《もち》は餅屋なんだけどね。でもさ」

そういう職人が直すと、まずは壊れかけた本を丈夫にする為、新しい紙や糊《のり》などを遠慮もなく使ってしまう。

「そうなったら、味のある古い品が、新しい物との継《つ》ぎ接《は》ぎになっちまう」

元の品とは違う物になると、金次は言ったのだ。屏風のぞきが、深く頷く。

(品として生まれた物が、百年の時を経て、妖と成っているのが、付喪神なんだ)

新しい紙や布などを、本体へ勝手に足されたら、どうなるか分からない。下手をしたら、付喪神でいられなくなってしまうことも、あり得た。

(だから何とか付喪神達を、長崎屋へ引き取らないと)

二人は頑張った。すると、息子に甘いこと、蜂蜜《はちみつ》の砂糖がけ以上である藤兵衛が、ならば長崎屋の品は、若だんなへ任せてみようと言ってくれたのだ。

すると他の持ち主の中にも、若だんなへお願いしようという者が出てくる。そこで藤兵衛が、息子は玄人ではないから、修理代金は要らぬと告げた。

「まあ、皆さんも不安に思われるでしょうから、無理だと思った時は、直ぐにお返しするよう、息子に言っておきます」

金次が駄目押しとして、紙は水に弱いから、朝まで放っておくと、破れかねないと口にした。急な災難で、直ぐには修理の当てなどない客達は驚き、救った付喪神達を任せてくれたのだ。

その後、庭にあった品も何点か拾ったが、既に破れて駄目になっていた物もあった。

（先々仲間になりそうな、良い品もあったのに。でも、付喪神になっていない奴《やつ》らまで、影に入れる時はなかった）

運が分かれていく。長崎屋の皆は、余所《よそ》様《さま》からの預かりものがあるからと、雨が小降りになった時を狙《ねら》い、長崎屋へと帰った。

（早めに手を打たないと、朝には全部、ただの古道具になっていそうだ）

仲間の付喪神ではなくなると、二人には分かっていた。

3

屏風のぞきと金次が、長崎屋の離れへ帰った時、若だんなはぐっすり寝ていた。

「朝もずっと、寝てたよな。昼も寝てて、大丈夫なのか？」

屏風のぞきが不安げな声を出したが、一時起きて、薬湯は飲んだという。

「あ、ならば心配ないか。それなら皆で、こっちの心配事を、何とかして欲しいんだ」

屏風のぞき達が、持ってきた荷をほどき、中の品物を妖らへ見せると、一斉に魂消《たまげ》た声が上がる。付喪神達は濡れ鼠《ねずみ》で、息も絶え絶えであったからだ。

「仁吉さんを呼ばなきゃ。どうしたら良いのか知ってるのは、万物を知る白沢《はくたく》、仁吉さんしかいませんよ」

ここのところ、一々母屋へ行かず、投げる事を覚えたおしろが、今日も鳴家を表へ投げる。一方鳴家達も、飛ばされる事に慣れてきた。

「きゅんいーっ」

明るい声を上げつつ、母屋まで飛んでいくと、鳴家は見事に屋根へ降り立ち、格好を付け、離れへ目を向けてくる。

もっともその後、小鬼は屋根に居た烏《からす》に追われ、大急ぎで屋根裏に潜り込んだ。そして直ぐ、仁吉と戻ってくることになった。

「濡れ鼠の付喪神を、こんなに連れてきて、どうする気なんだ？」

「どうって……長崎屋で何とか直してやらなきゃ。こいつら、付喪神なんだから」

目を覚ましたら、きっと若だんなが心配するからと言うと、仁吉が否《いな》の言葉を飲み込む。そして付喪神らと関わるのなら、妖達で直してやれと、びしりと言ってきた。それから濡れた付喪神達の様子を確かめ、どう直したらいいのか、細かく指示を始める。

屏風のぞきに金次、猫又のおしろ、悪夢を食べる獏の場久《ばきゅう》、付喪神の鈴彦姫《すずひこひめ》、小鬼達は、真面目に仁吉へ頷いたのだ。

「若だんなの名を出したんだ。迷惑を掛けないように、するんだぞ」

それだけ言うと、忙しいのか、仁吉は早々に店へ戻っていってしまった。

「ありゃ兄やさんの手は、借りられないか」

仕方ない、自分らで直そうと金次が言う。するとじき、仁吉から話を聞いたと言い、佐助が道具や古い紙などを届けてくれた。屏風のぞきはさっそく風呂敷《ふろしき》を広げ、助けてきた付喪神達を、その上へそっと置き、屏風は傍らへ立てた。

若だんなは、寝付いたままであったから、妖達は、その様子を見ながら、せっせと働く事になったのだ。

「何だか不思議な気がします。妖のあたしたちが、同じ妖を直すんだから」

若だんなの額に載せる手ぬぐいを換えてから、猫又のおしろは、鍋《なべ》で生麩糊《しょうふのり》を煮立て始めた。屏風のぞきは頷くと、傍らに並ぶ付喪神達の横へ、佐助が用意してくれた道具を並べていく。古い紙や刷毛《はけ》、鋏《はさみ》など、妖達を直すための品で、そのそばでは鈴彦姫が大きな紙を広げ、糊を使う場所を用意していた。

小鬼が、自分達も手伝うと言い、濡れた草双紙を、小さな手で引っ張る。途端その草双紙が、破れると悲鳴を上げ、他の付喪神達までが、大声を上げ始めた。

「この妖は、誰だ。なぜ我らへ触るのだ！」

勝手をするな、あっちへ行けと言われ、せっせと働いていた妖達は、一斉に手を止めた。怒りの声は次に、長崎屋の若だんなはどこだと、言い始めた。

「春寒亭で、そこにいる奉公人二人は、長崎屋の若だんなが、我らを直すと言っておった。長崎屋の主も、若だんなが直し、その代金は要らぬと言ったので、我らが主は、この身を長崎屋へ託したのだ」

なのに！

「若だんなは、どうして我らを、早く直しに来ないのだ？」

若だんなは本当に、職人並みの技を持っていて、玄人のごとく、自分達を直せるのかと、濡れた面々は疑ってくる。すると金次が口を開き、まず先に、言う事があるだろうと、付喪神達へ言ったのだ。

「春寒亭で、紙で出来た付喪神らが、竜巻に巻き込まれたのは、気の毒な災難だった」

だが。

「ずぶ濡れになって、直しも出来なくなる前に、我らが影の内へ放り込んで、助けたんだぞ。小鬼も、大層役に立った」

屏風のぞきなど、己の本体も紙なのに、皆を守ろうとしたのだ。

「最初に、礼の一つも言うべきと思うがね。なのに、真っ先に出てくるのが文句とは」

だが付喪神達は、話は若だんなと付けると言ってくる。金次は口を歪《ゆが》め、部屋奥の布団《ふとん》へ目を向けた。

「若だんなは、ほれ、そこで伏せっているよ。熱が高いんで、今日は起きられないと思うが」

若だんなは今、病を得て寝付いている。手ずから直して貰いたければ、後、二、三日は待たねばならないだろうと言い、金次はにやにやと笑った。

「その間に、濡れた紙が妙な形で固まったり、変な所が貼り付いてしまわなきゃ、いいがね」

しかしそれでは拙《まず》いから、嵐《あらし》で濡れた巻物や本、絵などを救う役目は、妖達が負うことになったと言ったのだ。すると、何人かの付喪神は怒りを爆発させた。

「妖が我らを直す？　素人《しろうと》が、我らの身に手を出すと言うのか？　冗談ではない！」

阿呆《あほう》を言うなと草双紙から言われ、離れの面々の目が、三角になった。それで屏風のぞきは、冷たく返したのだ。

「そうかい。じゃあこのまま、持ち主へ戻そう。付喪神達の望み通り、持ち主の方々が、玄人に直しを頼めばいい」

途端、付喪神達は益々ふんぞり返った。

「表具屋に、我らは付喪神になっておるので、妖となった尊い品として、大事に扱うよう言うのだ」

付喪神は、器物が百年の時を経て、妖と化した者だから、いきなり新しい紙で修理されたら、大事になる。古さが飛んでしまっては、妖としての命が失《う》せかねなかった。

「糸を新しくするのも、切れたままなのも駄目だ。破れをつくろうにも、古き紙を手に入れ、なるだけ少なく使うように」

何しろ、妖なのだから。付喪神達は頼み事を、威張りながら並べていく。

すると、小鬼達が明るく返答をした。

「きゅい、妖だって言ったら、付喪神達、直して貰えない」

「きゅわ、代わりに、お祓《はら》いされる」

「きゅべ、その後、お寺で燃やされそう」

「鳴家、今日は鋭いこと言うじゃないか」

「屏風のぞき、鳴家は賢いの！」

途端、付喪神達は黙った。そしてそのまま……ずっと黙り続けていたので、結局、長崎屋の皆は、付喪神達を自分達で、何とか元に戻す事にしたのだ。

「心配すんな。下手に新しく直せば、仲間の身を損ねるかも知れないと、分かってる。だから余所へやらず、お前さん達を引き取ってきたんだ」

直しは実際、それはそれは気を遣うものであった。

仁吉の知識を頼り、薄く薄く作った生麩糊と、古い紙を使い、妖らはちゃんと頑張った。新しい糸が使えないので、古い糸を糊と一緒に撚《よ》ったりして、大変な仕事が続いた。

「あたしら、こいつらから文句を言われたのに。何でこんなに働いてるんだ？」

屏風のぞきなど、店にも出ず、何をやっているのかと、己へ首を傾げている。すると場久が笑い、今回の顚末《てんまつ》を聞いたら、若だんながまた、美味《おい》しいものを食べさせてくれるだろうと言ったのだ。

そして、薄く薄く紙へ糊を付けつつ、若だんなが良いと言ったら、今回は少しばかり、変わった宴会にしたいと場久は続けた。そのことを考えれば、頑張れるらしい。

「わたしは前々から、一度長崎屋の離れへ、寿司《すし》の屋台を呼んで貰えないかと思ってたんです」

人に上手く化けられる妖は、己達で表へ食べに行けるが、そうは出来ない者もいる。だが若だんななら、屋台ごと庭へ招くことも、出来る筈《はず》なのだ。

「人前に出られない妖は、障子戸で仕切った隣の部屋で、注文した品を食べればいいですから。是非一度、そういう宴会をしてみたいものです」

「きゅんいーっ、鳴家は寿司、たっくさん食べる。天ぷらも好き」

「そいつは良いね。凄《すご》く、いい。よっしゃあ、気合いを入れて直すぞ」

屛風のぞきが明るい声を出し、鈴彦姫は、菓子の屋台にも来て欲しいと言い出す。金次がここで、濡れ鼠の付喪神らへ目を向けたが、一旦黙ってしまった妖達は、不思議な程、何も話をしなくなった。

そして。付喪神になっていた者が少なかったからか、離れの皆で、一緒に頑張った為か。じき、預かった全部の付喪神が、繕われることになったのだ。

最後に鈴彦姫が、風呂敷に並べられた面々へ、優しく声を掛ける。

「これで終わろうと思うけど、皆さん、大丈夫？ まだ、具合の悪いところがあったら、今のうちに言ってね」

だが、応《こた》えはない。ならばきっと、どの付喪神も上手く治ったと判断して、長崎屋の妖達は、揃って歓声を上げた。

「いやぁ、我ら長崎屋の妖は、凄いね。偉いね。格好良いな。うん、幾ら褒めても、足りないくらいだ」

屏風のぞきが言えば、おしろも頷く。付喪神らは、誰も物言わぬ品物に戻ることなどなく、また長い長い年月を、過ごしていくことになったのだ。

「ほっとしました。本や草双紙はまだ、しけっていますね。けど重しを乗せて、皺《しわ》にならないようにしておけば大丈夫でしょう」

付喪神達に手ぬぐいを被《かぶ》せ、屏風のぞき達が、重しを探した。

「乗せる重しは平らでないと、本に皺が出来ちまうよな。お盆はどうだ？　軽すぎるかな」

こうなったら早く祝いをしたいと、屏風のぞきは笑っている。だが鈴彦姫によると、若だんなは今も寝続けているから、屋台を呼ぶどころではないという。

「仕方ない。まず、片付けを終わらせよう」

皆で、糊や紙などを始末していくと、直した付喪神を見て、小鬼がいぶかしげに鳴いた。

「きょんげ？」

助かった付喪神の一つ、草双紙から、手がにゅっと出ていたのだ。

「まあ、どうしたのかしら」

それを見て、他の妖達も首を傾げる。

「草双紙さん、具合の悪いところが、残ってたのかい？」

屏風のぞきが傍らに行き、声を掛けたが、応えはない。

だが、現れた手はそのまま、引っ込んだわけではなかった。手は、屏風のぞきの腕を、ぐっと摑んできたのだ。

4

「はて、ここはどこなんだろう？」

屏風のぞきは起き上がると、辺りを見回し首を傾げた。

目が覚めると、いつもの離れにいなかったのだ。側で寝付いている筈の若だんなもおらず、周りを木々が取り囲む、草地に転がっていた。

「ありゃ、外だ！」

立ち上がっても体は痛くなかったが、虫に刺されたようで、あちこちが痒《かゆ》い。幸いにも寒くはなく、空は晴れ渡っていた。

「あたしは何でまた、表で寝てたのかしら」

「きゅんべ？」

見れば鈴彦姫も側《そば》で目覚め、袖《そで》の内から鳴家達が現れてくる。するとそこへ、他の声も聞こえてきた。

「魂消たねえ、誰か近くにいるかい」

「金次さん、ここだよ。屏風のぞきに鈴彦姫だ」

「ひゃひゃっ、場久やおしろもあっちにいる。さっきまで、長崎屋の離れにいた皆だな」

「きょんべ？」

声を頼りに集うと、小鬼達、屏風のぞきと鈴彦姫、金次、場久、おしろが顔を合わせた。屏風のぞきが、真剣に問う。

「それで、ここはどこなんだい？」

妖達の他に、人も家も見当たらず、皆、言葉が出ない。おしろが、顔を顰めた。

「まあ、若だんながいません。病で寝ているのに、一人になるなんて、大事です」

大急ぎで長崎屋の離れへ、帰らねばならないと言ったのだ。妖達は何が起きたのか、必死に考え始めた。

「潮の香りがするな。おしろさん、ならここは深川《ふかがわ》かな？」

屏風のぞきは皆と、開けた方へ歩き出してみた。深川へ来たのだとしたら、舟を呼んだに違いない。

「水辺に出たら、何か分かるはずだ。船着き場に、人がいるかも知れないし」

だが隣で、金次は顔を顰めている。

「あたしは貧乏神なのに、人を貧乏にしないで、何でこんな所に来てるんだろう」

じきに木々が途切れ、広い場所に出る。すると妖達の顔が、一層険しくなった。鳴家が金次の肩に乗り、目を丸くして騒ぎ出す。

「きょんべーっ、ない、いないっ」

「何と、海に出た。しかも隅田《すみだ》川《がわ》がないぞ」

そこはどう見ても、菱垣《ひしがき》廻船が行き来し、漁船が帆を上げている、江戸の賑《にぎ》やかな海ではなかった。砂浜は遠くまで広がっているのに、人が一人もいないのだ。海へ目を向けても、舟さえ一艘《そう》も浮かんでいない。

「猫一匹いません。ここ、どこなんでしょう。日の位置からすると、浜は南向きですよね」

おしろは首を傾げた後、近くの小高い場所に生えていた、それは高い松の木に目を向けた。すると、さっと猫の姿に戻り、木へ駆け寄って、ひょいひょいと登っていく。

「これだけ高い木の天辺《てっぺん》からなら、遠くまで見える筈です。ここが深川なら、富ヶ岡八幡宮《はちまんぐう》の屋根とか、見つけられるかも」

「おお、さすがは猫又だ。木登りが上手い」

場久が褒めている間に、おしろはさっさと、木の一番上にたどり着き、臆《おく》することもなく立ち上がった。そして、ぐるりと一周、周りへ目を向けると、大きく天を仰いだ後、まるで飛び降りるかのように早く、木から下りてきた。

「あのぉ、あたし達がいる場所ですけど」

「うん、八幡宮は、どっちにあった?」

「屏風のぞきさん、お宮はありませんでした。家すら、目に出来なかった。この辺には、誰もいないようです」

「人がいない? 江戸じゃないってことか?」

他の皆が黙り込む中、おしろの声だけが、波の音を遮っていく。

「左手の先に山があって、その先は見えませんでした。だから山の向こうには、何かあるかも知れません」

皆がいる側は土地が低くなっていて、南に広がる浜は、遥《はる》か先まで見えたが、やはり人がいない。そして。

「西と、北側にも……海が見えました」

「海？　ここは三方が、海に囲まれてるの？」

つまりこの場所は半島の先か、島なのだ。屏風のぞきが呆然としていると、妖達から一斉に、同じ疑問が湧《わ》いた。

「いつ、どうしてこんなところへ、来たんだっけ？」

金次が海辺で仲間を見つめ、顔を顰める。

「全員が、同じことを問うたねぇ。つまりここに来た訳を、誰も覚えていないってことだ」

そのこと自体、大いに怪しい。金次は皆へ、今、思い出せることでいい、何か話してみてはと言い出した。

「この場所へ来る前、何をしてた？　あたしは少し前、日本橋で魚屋を祟《たた》ってたんだ。他に何か、覚えている者はいるかい？」

「きゅい、鳴家は離れで大福を食べた。十個食べたの、十日前だった。間違いない」

「それくらい前の話でいいなら、覚えてます。七日前、お芝居を見に行きました。せっせとお金を貯《た》めて、中村座へ行ったんです」

一日中楽しかったと、おしろがうっとりとした顔で言った。すると場久が、六日前のことを思い出した。

「その日は寄席《よせ》に出てました。金次さんが聞きに来てくれたんで、覚えてます」

「おや、そうだった。なら五日前、あたしは日本橋にいた」

祟る相手を見つけて、大いに張り切った日だったから、忘れないと金次は言う。その調子で、四日前、三日前と話が繋《つな》がり、話は今日まで行き着いた。

すると鳴家が、きゅいと鳴く。

「鳴家は今日、深川の連へ、行った。屏風のぞき、金次、藤兵衛旦那と一緒！」

「連には、付喪神達が来てたな。うん、思い出した」

屏風のぞきが頷く。

「けれど、連はとんでもない事に、なっちまったんだ。そう……竜巻に遭ったんだよ」

離れの屋根が吹っ飛び、大事な品々は濡れ、破れてしまったものもあった。

それで……その後、どうなったのか。

「この金次と屏風のぞきが、助けた付喪神を持って、長崎屋へ帰ったんだ」

妖達は、自分達で付喪神らを救おうと、立ち上がったのだ。

皆はどんどん、思い出していった。離れで新参の付喪神達が、長崎屋の妖へ、文句を垂れてきたと場久が語る。

「それでも我らは、あいつらを直してやりました。大変だったけど、ちゃんと直せた」

そしてそして……ここで何人かが、その先を、やっと思い出した。この島へどうやって来たのか、分かったのだ。

まず屏風のぞきが、濡れた草双紙へ、重しを乗せようとしていた事を語る。

「そうしたら……そう！　助けてやった草双紙から、手がにゅっと出てきたんだ」

「手？　そんなことがあったんですか？」

場久は見ていなかったらしい。だが、そこでおしろも、大きな声を上げた。

「そうでした。毛むくじゃらの手が、本の中から生えてきたんです」

それで屏風のぞきは、問うたのだ。

「草双紙さん、具合の悪いところが、残ってたのかい？」

鈴彦姫も思い出した。

「あの、草双紙から出てきた手！　屏風のぞきさんを、摑んだんです」

そして魂消る事になった。

「あの手、草双紙の中へ、屏風のぞきさんを、引き込んだんですよ！」

鈴彦姫は咄嗟に、屏風のぞきを止めようと摑んだ。しかし、鈴彦姫までも引っぱられると、おしろが鈴彦姫の手を取った。他の皆も、慌てて仲間の着物や足を、押さえたのだ。なのに。

「誰も、止められませんでした」

あの時だ。皆はこの奇妙な場所へやって来たに違いない。皆が顔を見合わせ、深く頷いた。

ならばこの場に、八幡宮や隅田川が、あるはずもない。舟を捜し、長崎屋へ戻ることも、無理に思えた。

「ここは我らが直した、草双紙の中なんだ」

草双紙に書かれていた物語の面々が、暮らしている場所であった。

5

妖《あやかし》達は海辺から離れ、おしろが見たという山の、まだ見ていない向こうを目指すことにした。屏風のぞきを、最初にこの場へ引き込んだ者が、この地には居るはずだった。

「この島の中から、あたしを掴んだ毛むくじゃらの手の主を、見つけなきゃな」

あの誰かなら、江戸との繋がり方、帰り方を承知している。本の中から江戸へ、手を出していたからだ。

「きゅいーっ、鳴家は戻る。大福食べる」

「貧乏神のあたしが戻らないと、江戸は金持ちばかりになっちまうよ。そいつはいけないからね」

「金次さん、それ、駄目なんですか？　まあ、悪い奴が金持ちなのは、許せないですけど」

おしろは、長く物語の中にいると、三味《しゃみ》線《せん》の弟子が減ってしまうと嘆く。皆は、離れに寝ている若だんなのことも気にしていた。

「我らが早く戻らないと、若だんなが、次の薬を飲む刻限が来ちまうよ。寝ていて、一服飲み忘れたら大事だ」

熱が上がったら仁吉が怒ると、屏風のぞきが顔を顰める。場久がふと笑った。

「不思議ですね。草双紙の中へ来てしまったのに、わたし達は江戸のことばかり心配してます」

「そうだよなぁ。江戸の事より今は、ここが、どんな草双紙の中なのか、思い出さなきゃ」

金次がそう言うと、草双紙の表紙を修理したおしろと場久が、道沿いの木の下で、顔を見合わせる。そして表に何と書いてあったのかを、じきに思い出した。

「あ、そうでした。付喪《つくも》神《がみ》になっていた本は、〝桃太郎〟だったと思います」

犬、猿、雉《きじ》が描いてあったし、打ち出の小《こ》槌《づち》の絵も見たと、おしろが言う。

ただ場久はここで、何度か首を傾《かし》げた。

「ええ、桃太郎の話だったと思います。ですが、鬼が描かれてなかった気もするんですよね。直した所に、たまたま鬼がいなかったんでしょうか」

「ひゃひゃっ、この貧乏神も中を直したけど、桃太郎が鬼と戦う場面なんて、あったっけ？」

宴会をしている、腹が減る絵は沢山あったから、別の物語かもしれぬと言う。

「きゅい、楽しそうな絵、一杯。小鬼も踊る」

すると小川の傍らで、場久が、ある話を口にしてきた。

「犬、猿、雉が出てくるなら、〝桃太郎〟で間違いないでしょう。ただね、古くから伝わっている話には、今、江戸で出ているものと異なる筋書きがありました。だからこの草双紙は、古い話なのかも知れませんね」

　悪夢を食らう貘《ばく》は、長い時を渡ってきた間、様々な物語を読んだのだ。

「今の『桃太郎』では、大きな桃が川を、どんぶらこと流れてきます。桃太郎は、その桃から生まれるんですよね」

「そうだよ。桃太郎って、そういうお話じゃないのかい？」

屏風のぞきが返事をすると、何人かの妖達が魂消た。長く長く生きている者もおり、古い形の『桃太郎』に馴染《なじ》んでいたのだ。

おしろが尻尾《しっぽ》を振った。

「桃太郎は、桃を食べて若返ったおじいさんと、おばあさんの夫婦から、生まれるんだと思ってました。あら金次さんも、こっちの話を知っているようですね」

「鈴彦姫は、そのお話、聞いた事ないです。つまり柴刈《しばか》りに行ったおじいさんと、洗濯に行ったおばあさんは、桃太郎のご両親なんですね」

　ならば古い形の桃太郎は、桃から子供が生まれるという昔話より、実際に起きた事に近いように思える。

「桃太郎のお話は、昔、どこかの村であった、本当の話だったんでしょうか」

鈴彦姫が言うと、金次は、どうかなとつぶやいた。

「鈴彦姫、桃太郎は、犬、猿、雉と話が出来るんだ。つまり、ただの人じゃない。団子を銭代わりに、獣を家臣に雇ってるんだぞ」

「あ、そうですね。桃太郎が連れの三人と話してるのを、忘れてました」

おしろは笑うと、若だんななら、自分達妖と話せるから、この草双紙の中でも、桃太郎の役が出来そうだと言う。金次は、若だんなは雉や猿と話せたっけと、考え込んだ。

「あら、駄目でしたっけ。おしろには、烏天狗《からすてんぐ》も雉も、似たような者に思えますけど」

「きゅべ、聞いたら烏天狗、きっと怒る」

そんな話をしている内に、川沿いの道が途切れたので、休みを取ることになった。川が小さな滝を作り、道を阻《はば》んでいたのだ。

「きゅい、お腹《なか》減った」

「やれ、本の中でも腹は減るんだな。なら、何か食べなきゃならん」

金次が、近くで食べるものを捜してみると言い、場久と山へ入る。

「皆は、一休みしててくれ」

「おしろは、魚でも捕りましょう」

猫又は、横の滝壺《たきつぼ》へ降りていく。一方、暇になった小鬼達は、元気に鳴きながら、側の林で木に実がなっていないか、捜し始めた。

「鳴家、はぐれるから、遠くへ行っちゃ駄目だぞ」

「きゅわ、屛風のぞき。甘い実、見つけた」

草双紙の中の季節など、さっぱり分からないが、実りの季節らしい。鳴家達は木に登り、赤い実を美味しそうに食べ始めた。

すると。

「きゅんっ」

悲鳴が聞こえたと思ったら、鳴家が実と一緒に、木の上から降ってきた。屛風のぞきが袖を広げ、慌《あわ》てて受け取った時、茂みの向こうに、大きな姿が現れていた。

「うわ、誰かいる。近寄ってくるぞ」

屛風のぞきと鈴彦姫が寄り添い、そこへおしろも急ぎ戻る。小鬼達は皆の袖内に隠れ、文句だけが木の下に残った。

「きゅげー、いない金次、役立たず」

「鳴家、後でその言葉、本人に伝えとくぞ」

「屛風のぞきが言ったって、言う」

その時であった。相手は一人だと思っていたら、いきなり大勢が姿を現し、妖達を取り囲んできたのだ。短い野良着《のらぎ》を着て股引《ももひき》をはき、頭に手ぬぐいを巻いた姿は、田畑を耕している農民に見えた。てんでに鍬《くわ》や鋤《すき》など、農具を得物代わりに持ち、たくましい姿で妖達をにらみ付けてくる。

そして男達は、妖達に向け、思わぬことを言ってきたのだ。

「こいつら、鬼だっ。我らの木の実を、勝手に食ってたぞっ」

「川の魚も、里に断りもなく盗んでおる。敵だ、鬼だっ」

「あの、森のものを取って、申し訳なかったです。でも私達は鬼ではなくて、この地へ迷い込んできた者でして……」

鈴彦姫が慌てて謝ったが、男達は険しい顔を変えず、鋤や鍬を抱え、じりじりと長崎屋の皆へ迫ってくる。農夫達の顔は、余りにも真剣で、戦いが今にも起きそうだった。

そして妖達には、鋤や鍬に対抗する武器がない。影の内へ逃げようにも、草双紙の中だから、心許《こころもと》なかった。

「参った。どうしたらいいんだ?」

長崎屋の妖達は拳固《げんこ》を握りしめ、おしろがぼやく。

「この草双紙は、本当に桃太郎の話なんでしょうか？　農夫が戦う場面なんて、ありましたっけ？　おまけに桃太郎はいないし」

　途端、妖達は驚く事になった。恐ろしい顔つきを見せていた農夫達が、急に、鍬や鋤を引いたのだ。そして、思いも掛けない言葉を、ぽろりと口にする。

「ああ、しまった。そうだ、この場には、桃太郎がいなきゃ駄目だったんだ」

　そして農夫達は身を翻《ひるがえ》し、屏風のぞき達の前から大急ぎで消えていったのだ。

「えっ？　どういうこと？」

　主人公の桃太郎でも、呼びに行ったのだろうか。おしろが首を捻《ひね》る。

「桃太郎さんの助太刀がなくても、農夫さん達、十分強そうでしたけど」

　とにかく、農夫達はいなくなってしまった。小鬼達が、皆の袖内から顔を出し、並んで首を傾げている。

「鳴家、強い。だから揃《そろ》って逃げ出したの？」

　他の妖達は、全員首を横に振る。

　するとじき、金次達が帰ってきて、筍《たけのこ》や木の実、魚などを差し出してくる。皆は、二人へ一斉に駆け寄り、農夫達が現れ、合戦になりかけたが、何故《なぜ》だか急に相手が引いたことを告げた。金次は片眉《かたまゆ》を、大きく引き上げた。

「あたし達が、鬼だって？　しかも農夫が、戦いを挑んできた？」

　桃太郎の味方は、おじいさんとおばあさん、桃太郎、犬、猿、雉だ。後は敵方の鬼達くらいしか、話に出てこなかった筈だった。

「何しろ子供向けの、短い草双紙の話だし」

　場久は、更なる疑問を口にした。

「この場所に農夫が居たとして、食べ物を勝手に食われたら、怒るのは分かります。でも何でわたし達のこと、鬼と言ったのかな」

「そうですよねえ、あたし達には、角など生えていません」

　おしろが顔を顰《しか》めると、金次がここで、素早く火を熾《おこ》し、唯一《ゆいいつ》、今の場所からでは見通せない、山の方へ目を向けた。誰か住んでいるとしたら、あそこしかない。

「取ってきたものを早く食べてくれ。桃太郎がいると分かったから、会いに行こう。そうすりゃ、この草双紙が、どうして妙な事になっているのか、分かるはずだ」

　桃太郎は草双紙の主役だから、何もかも承知している筈であった。屏風のぞきが頷《うなず》き、若だんなの所へ早く帰らねばと言い、魚を焼き始める。

「草双紙から出てきた、毛むくじゃらの手。現れた農夫。我らが鬼と呼ばれたこと。忘れずに後で、若だんなへ話さなきゃな」

まずは木の実から、妖達は頬ばり始めた。

6

「鬼だっ、あの鬼達が、山の方へ来てるぞっ」

一行を鬼だと言う声が、また道に響いたのは、行き先の山が遠くに見えている、林の中だった。声が響くと、妖達は草地で立ち止まった。

「早く山へ知らせを送れ。そして、奴らを止めろ。まだ、この先へ行かせるのは拙い」

「きゅい、まだ？」

小鬼が首を傾げると、直《す》ぐ、森から木の枝が降り注いできた。

「きょんべーっ」

皆で、その場から逃げだしたが、枝を食らった場久が、瘤《こぶ》を作った頭を抱える。

「い、痛ぁっ」

怒った金次が、落ちた枝を、森へ思い切り投げ返した、だがその枝は、空から降りてきた、一羽の雉が払いのける。そして道の先を塞《ふさ》ぐように、地面に降り立った。

「ああ、良かった」

長崎屋の皆が足を止めると、更に、犬と猿も現れる。そして雉、犬、猿は横一列に並ぶと、まるで見得を切るかのように、全員、立ち姿を格好良く決めたのだ。

「桃太郎のお供、犬、猿、雉だ！」

三人は高らかに言い放つ。

「これより桃太郎の名の下、鬼どもを成敗いたす！」

森から例の農夫達も現れ、おおっと、ときの声を上げる。相手方は大いに沸き立ち、雉が吠《ほ》えた。

「これだ、これこそ鬼退治だ。さあ方々、見せ場です。素晴らしい戦いを見せましょうぞ」

一方妖達は、その言葉を聞き、目を半眼にする。場久がここで、びしりと犬、猿、雉を指し、言い立てた。

「あのですね、こんな場面を、桃太郎の鬼退治だと言うんですか？　主人公がいません。このまま戦ったら、題名は〝桃太郎〟じゃなくて、〝犬、猿、雉の鬼退治〟になっちまいますよ」

本の題を、変える事にしたのかと問うと、相手方が慌てだした。

「そ、それは拙い。桃太郎殿は今回、ここへ来るはずではなかったのか？」

今、どこにいるのかと、犬が問う。

「ああ、そうか。草双紙を貼《は》り合わせるのに、新しい生麩糊が使われたものな。その場所にいる仲間が大丈夫か、見に行ったのだった」

糊に貼り付けられ、付喪神の誰かが動けなくなっているという、噂《うわさ》があったらしい。

「では、その仕事は休めぬ。この本は〝桃太郎〟だが、ならば是非、桃太郎殿抜きで鬼退治をやりたいところだ」

だが鬼の側に、桃太郎の不在を突っ込まれてしまった。相手方は恐ろしい奴らだと、猿が言う。

「本当に本の題が変わってしまったら、大事だ。やはり鬼退治は、桃太郎殿に来て貰《もら》うまで、待たねばならんようだ」

「でも、時が掛かりそうだが、大丈夫か？」

気が付くと犬、猿、雉は、〝桃太郎〟の鬼退治の場面で、桃太郎をいつ登場させるか、話し合い始めた。放って置かれている妖達は、入り込んだ本が妙な訳を、納得しだした。

「この話が変なのは、あたし達が中へ入ったからじゃ、なさそうですね」

そもそも妖達を鬼と言い、敵とみなす割には、妙にのんびりしていた。今も、なかなか鬼退治に、なっていないのだ。

「何でしょう、この不思議な感じは。どうも、良く知っている〝桃太郎〟と、違う気がするんですよ」

屏風のぞきは、大いに頷いた。

「そうなんだ、この草双紙、何かが変わってるんだ。一体、何なんだろうな」

桃太郎は、いつも現れないが、それでも草双紙の中に、居ることは居るらしい。

「だけど不思議は、桃太郎と会えてないことじゃ、ない気がする」

若だんながここに居たら、きっと、あっさりこの不可思議の訳を、語ってくれるはずなのにと、屏風のぞきは溜息《ためいき》を漏らす。すると妖達の懐《ふところ》に居た鳴家が、もそもそと表へ現れてきた。

「きゅい、若だんな、居るの？」

小鬼は、そろそろ大福が食べたいと言い出した。若だんななら、くれると言うのだ。

「どんぐりじゃなくて、きゅい、大福が食べたい」

焼いたやつと言われたが、長崎屋の面々は、大福を持っていない。無理だと言われると、小鬼達は頬を膨らませ、まだ話し合いをしている雉達を睨《にら》んだ。

「大福がないの、きっと雉のせい。実を食べたら、怒った。桃太郎のお供、悪い奴《やつ》！」

そして小鬼は怖がりもせず、ほてほてと、桃太郎のお供の方へ歩いていってしまった。それから犬、猿、雉の内、大きく後ろへ飛び出ていた縞柄《しまがら》の雉の尾を掴《つか》み、思い切り引っ張ったのだ。

「け、けーんっ」

羽を一本抜かれ、雉は辺りに響き渡る程の、鳴き声を上げた。途端、お供の面々は立ち上がり、敵襲だと大声を発したのだ。そして皆が一斉に、右往左往し始める。

「雉を救えっ。我らは犬、猿、雉の三人で、桃太郎の友なのだ。これ以上話が変わってしまっては、拙《まず》いぞっ」

「敵はどこだ。雉はどこだ」

「雉は我だ。何が起きたんだ」

その様子を見て、尾羽を一本引き抜いてしまった小鬼は、魂消《たまげ》ていた。

「きょんげーっ？」

「もう駄目なのか。〝桃太郎〟の本はきっと、じき、燃やされてしまうのだ」

「馬鹿《ばか》を言うな。大丈夫だ」

犬が、猿を叱《しか》った。だがそれでも、お供の面々の、騒ぎは収まらない。長崎屋の皆は、揃って呆然《ぼうぜん》としていた。

「大変なことになりましたね。皆さんを宥《なだ》めて、お話を聞いた方がいいのかしら」

「鬼と言われている、我らが宥めるのか？」

「金次さん、若だんななら、優しくすると思うんだが」

屛風のぞきが言った、その時。

「落ち着けっ」

凛《りん》とした声が響いたと思うと、何かが日差しを遮った。見れば木の上に、若々しい姿が現れていた。

「あら、良き、おのこだこと」

鈴彦姫が口にした時、若者は器用に身をひねって木から降り立つ。草双紙の面々から、大きな声が湧いた。

「桃太郎、来てくれたのか」

「ああ、これでも、大丈夫だ！」

犬、猿、雉が涙を浮かべると、桃太郎が供へ厳しい顔を向けた。

「方々、何を慌てているんだ」

雉達が、恥ずかしげに下を向いたので、屏風のぞきが若者の背へ、急ぎ声を掛けた。

「あのさ、御身《おんみ》が桃太郎さんなのかい。お供さん達と、話があるのは分かるが、まずは、あたし達と一度、語ってはくれないか？」

振り返った桃太郎が、眉を顰める。長崎屋の面々は、話の腰を折られないよう、精一杯短く、今の窮状を告げた。

「我らは今日、突然この草双紙に引き込まれた。そして、鬼だと言われて困ってるんだ」

「鬼？　御身達が、鬼だって？」

「桃太郎さんの仲間は、そう言ってたよ。我らには、角はないんだが」

桃太郎は呆然とした様子で、長崎屋の皆を見てきた。それから草双紙の皆へ目を戻したが、仲間は誰も話し出さない。桃太郎は、また妖へ目を戻してから、やがて天を仰いだ。

そして。

「皆は、一旦《いったん》館《やかた》へ戻れ。行くぞ」

桃太郎はまた木へ飛び上がると、近くの茂みへ飛び、素早く身を隠してしまったのだ。

気が付けばお供の面々も、あっという間に、その姿を消していた。

7

妖達は、桃太郎達が消えた後、草地でたき火をし、拾った木の実を食べつつ、この後どうするべきか話し合った。

不思議な程、寒くも暑くもない草双紙の内は、落ち着くと快い場所であった。

「主人公の桃太郎が、現れた。この草双紙が〝桃太郎〟だってことは、間違いなしだ」

となると、だ。

「何でここは、〝桃太郎〟にしては、話が奇妙なのか、という話になるわな」

たき火の中で焼けた栗《くり》が弾《はじ》け、語っていた金次が顔を顰める。

「あたしは他にも、不思議に思ってることがあるんだ。そもそも本の付喪神が、自分の中へ、大勢さんを入れたってことが分からない」

己の中に、余所者《よそもの》を抱え込むことになる。金次が屏風のぞきへ、屏風の中を誰かに歩き回られたら、嫌だろうと問うたところ、頷いた。

「入れたのが良く知った相手で、たまにこうやって、一緒にくつろごうって言うんなら、あたしにも分かるよ」

目の前の火も、食べ物も、この草双紙の中のものだから、草双紙本体を傷《いた》めることには、ならない。客が、不思議に馴れている妖なら、一層安心だろう。

だが、桃太郎のお供の面々は、草双紙に入った妖達を、鬼だと言ってきた。得物を構え、やっつけると言い、迫ってきたのだ。

「つまりあたし達を鬼、敵方だと思ってるんだよね？　なら、何で中へ入れたのかね？」

入った先が、ゆったり、のんびりした場所であったから、余計不思議だと屏風のぞきが言葉を結ぶ。すると、火の周りにいる皆が、じき、少し自信なげに話し出した。

まず聞こえたのは、おしろの声だ。

「長崎屋の皆で、竜巻に巻き込まれ、身を損ねた草双紙を直しましたよね」

付喪神の草双紙と、話もした。つまりあの場が、長崎屋の離れだということも、妖達が鬼で無いということも、草双紙は承知している筈なのだ。だが。

「それでも、あたし達をわざわざ入れたんです。草双紙〝桃太郎〟の皆さんは、あたし達にここへ、来てもらいたかったんだと思います」

いや是非、是非、来てもらう必要が、あったのではないか。おしろはそう考えていた。

「きゅべ、なら鬼と呼んだのは、何で？」

皆が同じ事を思ったようで、おしろを見つめる。すると、黙ってしまったおしろに代わり、横から場久がそろりと語りだした。

「わたし達を、退治するためじゃないでしょうか。鬼として」

「きゅんげ？」

最初場久は、草双紙の者達が、見知らぬ自分達を、鬼と間違えたのではと思った。

だが。

「おしろさんの言う通り、草双紙にいる御仁らは、長崎屋の面々を知ってます。ちゃんと自分達を直すよう、文句を言った相手なんですから」

なのに草双紙の者達は、出会った長崎屋の妖達を、狩ろうとした。つまりだ。

「最初から、〝桃太郎〟の話の中へ入れた妖達を、鬼と呼ぶ気だったのでは」

だから、遠慮などしなかったのだ。

皆から、おおっと声が上がった。

「ああ、その話には、納得だ」

ならば、新たな鬼が必要だった訳も、思い浮かぶと金次が言う。

「鬼ヶ島の中で、何かがあって、鬼が欠けたのかもしれねえよ」

「きゅい、何か？　何？」

「例えば……鬼達はもう嫌になって、草双紙から、逃げちゃったとか」

「その話、きっと当たりです！」

鈴彦姫が強く頷く。

「草双紙では、〝桃太郎〟の〝敵〟として、鬼は読まれるたびに退治され、宝を奪われ続けるんです。ずっと、ずっと、本がある限り、そんな〝鬼〟の立場は続くんですよ！」

鈴彦姫は、小枝を火にくべつつ、ため息を漏らした。

「それでも並の本なら、その内、ぼろぼろになって読めなくなります。草双紙は子供が読むから、結構その時は早く来るでしょう」

人の一生が終わるように、本の寿命も尽きて、鬼の役目もそれと共に終わるわけだ。

「だけど。草双紙が付喪神になってしまうと、そうはいかなくなります。妖に、決まった寿命はありませんもの」

〝桃太郎〟の悪役、鬼達は、ひたすら退治され続けることになる。場久がうめいた。

「そんな毎日が、ずっと続くはずだったってことです」

それゆえ、鬼に逃げられたということか。多分そんな時、長崎屋の皆が、草双紙と関わったのだ。

「それで、我らを代わりの鬼役に、しようとしてきた。それだ！」

「おお、我らはさすがだ。見事に話を紡《つむ》ぎましたね」

「あらまあ、つまりあたし達は、付喪神達を救ったんで、鬼にされたんですね」

おしろが苦笑を浮かべ、焼けた栗を皆へ差し出す。そして、困りましたねと付け加えた。

「草双紙〝桃太郎〟には、鬼が必要でしょう。もし、あたし達の考えが当たってたら、ここからすんなり、出してもらえないかも知れません。若だんなが待ってるのに」

「きゅい、大変」

お腹が空いたのに、どうやったら帰れるのかと、小鬼が騒ぎ出す。

ところがだ。皆が納得した話に、乗らなかった者がいたのだ。

「おや屏風のぞきさん、何か引っかかっているんですか？　珍しくも、黙ってしまって」

おしろが問うと、他の妖達が静かになる。屏風のぞきが口を開いた。

「あたしが、ここへ引き込まれてきた時、毛むくじゃらの手に、掴まれただろ？」

そしてその手は、力強かった。掴んで引っ張った屏風のぞきだけでなく、大勢の妖達を、この地へ引き込んだ程に、強かった。

「それで、ここが〝桃太郎〟の物語の中だと知ったとき、何となく、あれは鬼の手じゃないかって、思えたんだよ」

確証がある訳ではない。その上、この草双紙の中に、鬼が居るとなると、今、皆が納得した事と、話がずれてしまう。鬼ヶ島には今も鬼が居るのに、新たな鬼を求めたという、訳の分からない話になるからだ。

「せっかく答えが見えたのに、今更こんなことを言うのは気が引けるんで、黙ってた。でもさ、あたしにはどうも、最初に見た手が、鬼のものに思えるんだ」

すると金次が皆へ、真面目《まじめ》に言った。

「皆の考えが、合っているのか。屏風のぞきの推測が正しいのか。ここで考えても、あたし達には分からん」

ならば、また山の向こうを目指そうと、貧乏神は言った。

「桃太郎達が暮らしている所をみれば、鬼が今も居るか居ないか、分かるだろうさ」

逃げて鬼が居なければ、妖達の推測が合っている事になる。もし、鬼が残っていれば……新たに考えねばならないだろう。

「どちらにせよ、江戸へ帰る為《ため》には、草双紙の主役桃太郎に、もう一度会うべきだ。彼らの住処《すみか》まで行って、我らの目で見て、耳で聞き、事実を得る。それが答えだろうよ」

皆が嬉《うれ》しそうに頷いた。

「ならば、また進みましょう」

たき火を消し、焼いた木の実の残りは、笹《ささ》の葉でくるんで、てんでに持っていく。目指すは鬼の住処だ。

「きゅい、鬼のお宝、ある？　お饅頭《まんじゅう》がある？」

小鬼達が皆の袖内で、嬉しそうに話していた。

8

森を抜け、山が大きく見えだした頃から、長崎屋の皆の目に、思いも掛けなかったものが見えてきた。

「おや瓜《うり》が生《な》ってるぞ。黄色いし、甘い匂《にお》いもしてる」

屏風のぞきが、林の傍らに現れてきた、広い畑を指さす。ただ。

「でかい瓜だねえ」

西瓜《すいか》よりも大きな瓜なのだ。隣に生っていた西瓜の方は、車輪のように大きかった。周りには大根や人参《にんじん》、芋、青菜など、野菜も山と作られていたが、何故だかどれも、嘘《うそ》のような大きさだ。

「誰が、こんなに大きいのを作ってるんだろ。よく、猪《いのしし》や鹿《しか》に食べられたりしないな」

「屏風のぞきさん、獣が畑へ来たら、捕まえてるんじゃないでしょうか」

おしろがそう言って、畑の端にある竹の囲いへ目を向ける。おおっという声が、妖達から出た。そこに、それは大きな猪が、捕らえられていたからだ。

「まあ、何頭もいるわ。あ、川向こうの小屋には、鶏がたっくさんいますね」

鈴彦姫が言うと、小鬼達が面白がって見に行く。戻ってくると、川には囲いがあって、大きな魚が一杯泳いでいたと言ってきた。

「魂消たね。川に生《い》け簀《す》まで、作ってあるみたいだ」

井戸もあった。周りに、風呂桶《ふろおけ》みたいなものが置いてあり、誰かが使っていると分かる。

「きょんべ、柿《かき》、栗、もも、蜜柑《みかん》、ぶどう、なってる」

小鬼が嬉しげに言うと、場久は真面目に悩んだ。

「何でその果物が、一遍に生るんです？　季節が変だと思いますが」

おしろは頷き、笑った。

「何にしろ、ここは豊かな場所ですよね。暮らしやすそうです」

物語の内だから、かくも豊かな場所でも、不心得者達が入り込むことは、まず無いのだろう。妖達ですら、引っ張り込まれなければ、来たりしなかったのだ。

食べ物は豊富だし、畑仕事など、日々やるべきことも多くある様子と、鈴彦姫は言う。

「一所懸命働いて、沢山食べて。お供の皆は、この地を守る為に、力を合わせてましたから、仲間もいます。犬、猿、雉さん達は、仲が良さそうだったな」

多分この島は、長崎屋の皆にとっての、離れのように、ほっと出来る大切な場所なのだ。だから。

金次が、両の眉尻《まゆじり》を下げた。

「入り込んで来た鬼、つまり、あたしらをやっつけて、ここを守ろうとしたわけだ。だけどさ、なら、その〝鬼〟である我らを、何で外から入れたのかってことになる」

話はいつも、そこへ戻ってしまうのだ。

「やっぱり、鬼に逃げられたっていう話が、正しいのかな」

すると鈴彦姫が歩みつつ、つぶやいた。

「あの、もしそうなら、逃げた本物の鬼達は、どこへ行ったんでしょう」

「どこって？」

皆が首を傾げると、鈴彦姫は、ここは物語の内、余所へ行けない場所だと続けた。

「ああ、そういえば。このおしろが木の上から眺めた時、三方に海が見えました。そう大きな場所でも、なかろうと思います」

逃げたなら、鬼ヶ島では暮らせない。ならば鬼は今、どこにいるのか。

「あの、草双紙から手が出てたんです。江戸へなら、行けるんじゃないですか？」

場久が言うと、小鬼達が頷いている。ただ、金次は渋い顔であった。

「鬼は、でかい奴らだろ？　江戸に逃げたら、目立つんじゃないか？」

行くことは出来ても、暮らせるかは別の話であった。

「若だんなみたいに、人ならぬ者を受け入れてくれる相手が、どこかにいたのかね」

「鬼が江戸へ来たなら、広徳寺《こうとくじ》の寛朝《かんちょう》様が、ご存じかと思うんですが」

話は長崎屋へも伝わっている筈《はず》と、場久が言い、皆が頷く。つまり、居なくなったに違いない鬼の行方は、さっぱり分からなかった。すると小鬼が真面目に、こう言い出した。

「鬼でいるの、大変。屏風のぞき、小鬼はお八つ、もっと欲しい」

「わはは、でもお八つは、大事な話だよな。鬼達は今、どこで飯を食べてるんだろ」

戻れる本体から逃げ出したとして、その後どうするのだろう。大きな体と、目立つ角を抱え、とてもではないが、江戸で暮らせる気がしなかった。

「鬼は今、どこにいるんだ？」

ふと見ると、かなり山が近くなってきていた。豊かな実りが、そして気持ちの良い森が、山の近くにも続いている。

「ああ、ここならでかい奴でも、楽に暮らしていけるよな」

つぶやいた途端、屏風のぞきは、若だんならどう答えを出すか、不意に思いついた。

「若だんなら……」

だが、その先は語れなかった。その時草地の端に、また農夫達が現れ、道を塞いできたからだ。

金次が眉をしかめる。

「おや、今回も桃太郎がいないよ。なぜここの人達は、桃太郎をそっちのけにして、我らに関わってくるのかね」

謎《なぞ》の大本は、そこにあるのだろうか。金次が悩み始めた時、野良着を着て、股引をはき、手ぬぐいの頭巾《ずきん》を被《かぶ》った面々が、長崎屋の皆へ怖い声を向けてくる。

「桃太郎は、忙しいんだ。お前達の為に、この場へ来ることは、出来ないんだよ」

しかし農夫達は、今回は戦いを挑まなかった。代わりに、このまま付いて来いと言って、手で招いてくる。

「桃太郎さんが、お前さん達に会うってさ」

その時屏風のぞきの眼差《まなざ》しが、農夫の太い腕へ注がれる。

「ごつくて、大きくて、強そうな腕だ」

きっと毎日、せっせと田畑を耕し、豊かな実りをもたらしているのだろう。働き者の腕であった。

そして腕は、草双紙の中から現れたものと、それは良く似ていたのだ。離れで寝ている若だんなが、ここで身を起こし、屏風のぞきの耳元へ、考えを語ってきたような気がした。

「ああ、そういうことか」

思わず、はっきりと声が出る。長崎屋の皆が、屏風のぞきを見つめてくるのが分かった。農夫達までも、怯《おび》えるような目で、自分を見ているのを知った。

「屏風のぞき、どうした？」

仲間の妖達が首を傾げる。農夫達の顔は、何故だか引きつっている。大きな姿が幾《いく》人《たり》も、豊かな実りの中を通る道に、立ちすくんでいた。

その時だ。山の方から飛んでくる姿があり、農夫も妖達も、首を巡らせた。その姿は、双方の間に降り立つと、心配げな顔をどちらにも向けてくる。

「おや、桃太郎の、お供の雉だ」

「桃太郎さんが、長崎屋の皆は、まだ館へ着かないのかって気にしてる。どうしたんだ？　妖達が、館へ来ないと言ったのか？」

雉が農夫達に問いを向けるが、返事が無い。屏風のぞきが、妖は直ぐに館へ向かうと告げると、先頭にいた農夫は溜息を一つ漏らした。

一行が、山に隠れて見えなかった里へと向かうと、見えなかった山の向こうにも、海があった。ここは島、桃太郎の話に出てくる島だから、鬼ヶ島だと分かる。田畑や果樹に囲まれた、桃太郎の館が現れてくる。そしてそれは、何とも心安まる見てくれをしていた。

館と呼ばれてはいるが、何軒もの、大きな茅葺《かやぶ》きの家が集まった作りで、立派な村のようにも見えたからだ。そこに草双紙〝桃太郎〟に出て来る皆が、集って住んでいるという。

桃太郎達は、ぼたん鍋《なべ》が掛かっている、いろり端で待っていた。

「あら、居心地良さそうな部屋ですね。桃太郎さん、お邪魔していいんですか？」

「こちらは……ああ、猫又のおしろさんですか。猫又とお話しするのは、初めてです」

金次も桃太郎へ、挨拶《あいさつ》をする。

「我らは、江戸の長崎屋に住む妖の一行だ。よろしくな。桃太郎さんと、ようやくゆっくり話が出来そうだね」

そして長崎屋の妖達は、いろりの前に並ぶと、まず、自分達は鬼ではないと、はっきり言い切った。

「我らは、ただの妖なんだ」

その言葉に桃太郎が頷くと、屏風のぞきはまず、分かってくれてほっとしたと伝えた。そして次に、鬼ヶ島の皆へ問いを向ける。

「それでさ、どうして我らを、この草双紙の中へ、引き入れたんだい？」

是非、鬼ヶ島の面々から事情を聞きたいと、妖は言ったのだ。

ただ……余程話しにくい事だったのか、その後館の内は、寸《すん》の間《ま》、静かになってしまった。桃太郎ですら、直ぐには事情を話せないでいたのだ。

金次が首を横に振り、おしろが困った顔を浮かべた。だから屏風のぞきが、思い切って、桃太郎へ告げてみた。

「じゃあ、訳はあたしが、話してもいいかな。そう、思いついたことがあるんだ」

若だんなであったら、こう考えると、思った話であった。しかし桃太郎は、納得したようには見えない。

「お前さん方が、何を承知してるっていうんです？」

「桃太郎さん、もし話に違う所があったなら、話を止めていいから。だが、とりあえず話してみるよ」

そして、もう返事を待たず、付喪神は語り出した。

9

「このあたし、屏風のぞきと金次さんが、付喪《つくも》神《がみ》となっていた、〝桃太郎〟の草双紙と知り合ったのは、料理屋春寒亭だ。そして会った日、竜巻が離れを襲ったもんだから、付喪神方は傷ついてしまった」

それで妖《あやかし》と化した者を、他に任せる事が出来ず、長崎屋の面々が直したのだ。だが、その作業が終わった後、草双紙から出てきた手が、長崎屋の皆を〝桃太郎〟の中へと引き込んだ。

「ここまでは、実際あったことだ。後は、あたしが考えた事情を言ってみるよ」

なぜ草双紙の付喪神は、長崎屋の皆を、この鬼ヶ島へ引き込んだのか。そして妖達を、〝鬼〟と呼んで、退治しようとしたのはどうしてか。

「そもそも今回、揉《も》め事を引き起こした大本は、何なのか。あたしは、ここに居る農夫さん達だと思ってます」

「おや」

妖達の目が、一斉に農夫達へ向かった。長崎屋の妖達を、草双紙へ引き込むほど強い、太い腕が、目の前にあった。

「今は農夫の姿をしてるね。だけどさ、この農夫さん達こそ、かつて桃太郎やお供達に退治された、〝鬼〟なんだと思う」

鬼は、付喪神となった草双紙の絵なのだ。草双紙の鬼ヶ島で暮らすか、江戸へ出て暮らすしかない。

「でも鬼の身で、江戸暮らしは無理だろう」

ならば鬼は今も、鬼ヶ島にいるのだ。そして島内で鬼と見まごう大男は、農夫達しかいなかった。

「何で鬼が農夫になったのか、事情は分からないよ。だけど、上手《うま》く暮らしてるみたいだし、合ってるんじゃないかな」

だがそうなると、困った事が起きる筈だ。鬼役がいなくなっては、桃太郎というお話が成り立たない。するとおしろが頷いた。

「なるほど。桃太郎と、犬、猿、雉が、鬼を退治して、お宝を持ち帰るという話が、この草双紙の中から、消えてしまったわけね」

気が付いた時、草双紙の物語は、別物になっていたのだ。金次が腕を組む。

「草双紙は、付喪神だ。そうなると、きっと絵までが変わるわな」

それを知った鬼ヶ島の皆は、困ったに違いない。おしろが先を続けた。

「こちらの草双紙は、長く蔵などから出されることは、なかったんでしょう。でも、もし人目に触れたら、筋も絵も変わっていることは、一目瞭然《りょうぜん》だったんでしょうね」

すでに連の日、冷や汗をかいていた筈であった。嵐《あらし》に巻き込まれなかったら、連の皆は、騒いだかもしれない。それで慌《あわ》てて、長崎屋の皆を草双紙へ引き入れ、鬼の役目を押っつけたのではないか。屏風のぞきは草双紙の皆へ、そう告げたのだ。

すると皆の目が、桃太郎へ向いた。

「桃太郎さん、返事はいかに」

この話は〝桃太郎〟なのだ。だから最後の決断は、桃太郎がするべきだと、屏風のぞきが言い出した。

「長崎屋じゃ、最後は若だんなが、腹を決めるんだよ。病がちだし寝てばかりだけど、それは若だんなの役目なんだ」

だから今日は桃太郎が決めてくれと言って、妖《あやかし》達が主人公を見る。日《ひ》の本《もと》の、ほとんどの者達が知っている、高名な主役は、静かに顔を向けてきた。

桃太郎は、付喪神となった草双紙が、いままで過ごしてきた時の流れを語った。

「〝桃太郎〟は、日の本中に知られた話です。我らの草双紙は、腕の良い絵師を得ました。それは上等な本として生まれたんです」

立派な一冊だったので、貸し出されたりせず、金持ちに買ってもらえた。その為、破れず残ることになった〝桃太郎〟は、持ち主の子供達から丁寧に扱われ、鬼ヶ島での勝負を、見せ続けたのだ。

「ですが。子供達が大きくなるのは早い。草双紙などあっという間に、読まなくなるんですよ」

出会ったと思ったら、直ぐに〝桃太郎〟を忘れて、他の本へ移って行く。いや、段々本すら読まなくなっていった。大人になった後は、昔話など読むこともない。

「〝桃太郎〟の中にいる皆は……酷《ひど》く寂しくなりました」

気が付けば草双紙は、蔵の桐箱《きりばこ》に収まっていた。人とは会わなくなったのだ。

「読まれないのに、鬼と勝負をすることはありません。鬼ヶ島から戦いが消えて行き、それでも放っておかれました」

そしてその内、大きな転機が訪れた。草双紙は百年の時を経て、付喪神になったのだ。

「我らは動けるようになったので、鬼とも仲良くなっていきました。何故ならお互い、それは寂しかったので」

物語に出てくる者の他に、鬼ヶ島には、誰もいなかったのだ。

「まあ……」

妖達の声が、小さく部屋内に聞こえた。

「我らは、鬼ヶ島でゆっくり暮らしていました。草双紙の内の、一緒に過ごせる仲間だけが頼りでした」

ところが、つい先だって大事が起きた。そう言われて、おしろが頷く。

「ああ、持ち主が古い草双紙を、連の仲間へ披露することにしたんですね」

とっくに絵は、元々の物語と違っていた。

「このままだと、妖だと露見してしまう。それは拙いと分かってました」

でも。それでも。

「今更大事な仲間、鬼を征伐《せいばつ》するなんて、出来ません。絶対無理だ」

どうしたらいいのか分からなくなり、草双紙〝桃太郎〟の中は、大騒ぎになった。

長崎屋の妖達が、桃太郎とも思えない奇妙な場面を見たのは、目の迷いではないという。

　しかし、付喪神の必死な思いが通じたのか、危うい連の日、竜巻が起こって、料理屋の屋根を吹っ飛ばした。草双紙〝桃太郎〟は、死にかけたが、妖だとは露見せずに済んだのだ。金次が、魂消た声を出した。

「あの竜巻、お前さん達が引き起こしたのかも……」

だが、ほっとしたのもつかの間、修理に向かった長崎屋で、小鬼が怖い事を言い出したのだ。

「危機は去っていない。このままでは、妖者になっていると露見し、寺でお祓《はら》いをされてしまう。読経《どきょう》と共に、焼かれかねない。鬼ヶ島の皆は、そのことを知ったんです」

　皆は焦《あせ》った。草双紙の絵を変えてしまった大本、鬼達は頭を抱えたのだ。

「何としても、たとえ会ったばかりの者に迷惑をかけても、草双紙の中へ新たな鬼を引き入れ、成敗しなくてはいけなかったんです」

　そういう場面が、〝桃太郎〟には必要なのだ。

「だから妖であり、草双紙に引き込みやすかった長崎屋の面々を、物語の中へ引き入れました。鬼と呼んで討とうとしたんです」

「それが長崎屋の我らが、この草双紙へ引き込まれた事情か」

屏風のぞきの考えは、当たっていたのだ。草双紙の皆が、小さく頷き、桃太郎は目に涙を浮かべた。

「申し訳ないことをしました。この通り、謝ります。けれど仲間相手に鬼退治をすることは、本当に無理なんです」

ここで、並んで座っていた農夫達が、ようよう手ぬぐいの頬被りを取る。大きな角が現れ、鬼の正体が見えた。

するとその頬から、大きな涙がこぼれ落ち始める。

「済みません、我らがちゃんと、鬼として討たれ続ければ良かったんですが。仲が良い桃太郎さん達に討たれるのが、辛《つら》くて。ただ……辛くて」

その言葉と共に、更に多くの涙が、ぽろぽろと落ちてゆく。その内、鬼達の前に、水溜《みずた》まりが出来ていった。桃太郎が、ただ泣き続ける鬼を、無言で、強く抱き寄せた。

長崎屋の妖達は、顔を見合わせると、皆、困ったように言った。

「寂しかったからか。それが、〝桃太郎〟が奇妙に変わった、本当の訳だったんだ」

困った。こんな話を聞いたからには、これ以上鬼ヶ島の皆と、揉める事は出来ない。ただだ。

「我ら長崎屋の者は、この後、元の江戸へ戻ればいいけどさ。だけどさ、この島の皆は、この先、どうしたらいいのかね」

　直した本は、返す時、持ち主へ見せなくてはなるまい。鬼退治がない〝桃太郎〟を見せたら、やはり大騒ぎになる筈だ。

「今回限り、あたし達が討たれ役をやるって考えも、あるだろうけど。我らは鬼には、見えないと思うよ」

　更に、この先仲良く暮らしていたら、絵からまた、鬼退治の場面は消えてしまうだろう。金次の言葉に、皆が頷《うなず》く。

「桃太郎さん達は、ずっと、いつ妖である事を知られてしまうか、恐れながら暮らす事になるんだ」

　ここで鈴彦姫が、妖達へ言う。

「若だんなに頼んで、この〝桃太郎〟、買い取れないかしら。長崎屋のものになれば、草双紙もほっと出来る筈です」

　だが、金次は首を横に振る。桐箱に入ったままだったとはいえ、百年以上、大事にされてきた本なのだ。持ち主が、〝桃太郎〟を手放すとは、思えないと言う。場久が唸《うな》った。

「じゃあ、どうしたらいいんでしょう。ここまで関わったんです。わたしたちも、この後が気になっちまいますよ」

だが急に言われても、立派な答えなど、誰も口に出来ないでいた。鬼が、更に涙を流している。

「若だんながここにいたら、きっと何か、思いついてくれると思うんですけど」

鈴彦姫が、残念そうに言う。

すると、だ。驚いたことに、ここぞという時、屏風のぞきがまた顔を上げたのだ。

「あ、若だんななら何を言うか、そいつは分かる。だってさ、あたしは若だんなが産まれた時から……いや産まれる前から、長崎屋で、側《そば》に居たんだからさ」

嘘偽りではなく、屏風のぞきは先程、それを思いついた気がしたのだ。

「きゅんべ？」

付喪神は桃太郎達を見た。

「若だんなは、寝てばかりなんだけどね。ちゃんと、考える事はできるんだよ」

若だんななら、きっとこう言った筈だ。屏風のぞきが、一所懸命語り始めると、妖と鬼ヶ島の皆が、話に耳を澄ませた。

10

数日後のこと。

「遅くなりました。〝桃太郎〟の草双紙、直しが終わりました」

長崎屋の離れで、付喪神となっている草双紙を、金次と屏風のぞきが持ち主へ手渡した。若だんなは今日もまだ、寝付いたままであったからだ。

大亀屋は、若だんなへの見舞いを口にした後、本を手に取り、にこりと笑った。そして愛《いと》おしそうに撫《な》で、中へ目を落とす。

すると、大きく目を見開いたのだ。

「酷く濡《ぬ》れて、糸も切れていましたのに。見事に修理して下さって、ありがとうございました」

長年の間に付いていた染《し》みまでもが、かなり薄くなっているようだと言う。しかも。

「この鬼退治の場面ですが。奇麗になった本で見ると、前より迫力が増しているかのようですな。いや、やはりこれは良き本です」

これからも大事にしなければと言い、大亀屋は全《すべ》ての場面を、しっかりと確かめて行く。そして、嬉しげに言った。

「これほどの修理をして頂けるとは、望外の幸運でした。ああ、他の書画も、もう持ち主へ、戻されたんですね」

そして、是非礼を受け取って欲しいと、言ってきたのだ。

いつもであれば、金子《きんす》にも者にも物にも困った事の無い長崎屋が、礼を受け取ることなどない。ただ、今日ばかりは直《す》ぐに頷くと、屏風のぞきは大亀屋へ頼み事をした。

「今回、修理をして、こういう草双紙は、本当に良いものだと思いました。ですが、若だんなは寝付いており、まだゆっくりこちらを拝見していません」

なのでいつかまた、〝桃太郎〟を長崎屋へ貸して貰《もら》えぬかと、風野として頼んだのだ。

大亀屋は明るく頷いた。

「よろしいですとも。若だんなも連の仲間。我らの品を見て頂けると、嬉しいですよ」

話がまとまり、大亀屋は風呂敷に、大事な〝桃太郎〟を包んで帰った。その時ちらりと、鬼ヶ島の皆が、本の中から手を振ったように、影内に居た妖達には思えた。

そして。

客も帰り夕餉《ゆうげ》時を迎えると、事を成した祝いに、離れで鍋を食べることにした。若だんなは伏せっているから、宴会はできないが、とりあえず鬼ヶ島の皆が作っていたように、ぼたん鍋を作りたいと言うと、兄《にい》や達がもんじ屋から、肉を買い求めてくれたのだ。

「若だんなが寝込んでる内に、〝桃太郎〟の心配事が、片付いちまった。でも、本当に良かったねえ」

ぼたん鍋を煮つつ、今回は草双紙へ入らなかった仁吉が、事をどう収めたのか知りたいと、妖達へ言う。途端、鼻を天井へ向けた妖達が、我先に語ると言ったので、皆で、語り継いでいくことになった。

まずは連の場から話が始まり、草双紙の中で、鬼と言われて戸惑った事を語った。やがて鬼ヶ島の館で、事をどう終わらせたかという場へ来ると、皆の語りに力が入る。

当然のように、良き案を思いついた屏風のぞきが話し出した。

「あたしは、若だんなならこう考えると思って、答えを出せたんだ。つまりね、桃太郎さん達へ、芝居を持ちかけたんだよ」

「芝居？」

仁吉が片眉を引き上げ、屏風のぞきが笑った。

「要するに、鬼ヶ島にいる皆で、世間に知られている桃太郎を演じるよう、勧めたわけ」

鬼退治をしても、芝居なら、本当に鬼達を討つ訳ではないから、気楽なものであった。ここで場久が笑う。

「それにです、お芝居をするのは楽しいですからね。きっと、鬼ヶ島の皆も好きになる筈だって、思ったんです」

〝桃太郎〟の草双紙は、妖だ。だから本を読んだ者に、都合の良い芝居の場面だけを、見せることができる筈だった。元々、鬼ヶ島での暮らし全てが、草双紙の絵になっている訳ではないのだから。

「ははぁ、考えたな」

兄や達が笑う。鬼ヶ島では、日に一度は、芝居が行われる事になったと言い、鈴彦姫と金次が揃《そろ》って笑った。

「試しに桃太郎の芝居をやって、我らも見た。楽しかったよ。また見たいねえ」

何しろ本物の桃太郎と鬼が、戦いの場面を繰り広げるのだ。しかも、鬼ヶ島の果実などを、山と食べつつの芝居見物となった。

小鬼が、瓜が美味《おい》しかったから、また食べたいと言い、仁吉が頷く。

「鬼ヶ島の皆には、若だんなも会いたいだろう。相手は妖だ。すぐに別れるばかりじゃない縁を、一つ、作るのもよいものだな」

寂しいという言葉が、残らない縁だ。長く続いて、嬉しいと思える関係だ。

「若だんなもきっと、そう言ってくれますね」

鈴彦姫は、若だんなと桃太郎は、気が合いそうだという。

「小鬼は、栗も好き」

大亀屋が、また会わせてくれると言っていたから、今度は〝桃太郎〟達を、離れへ呼んでもいいと、仁吉が言う。その内、鍋の中で猪の肉が煮えてきて、皆は、桃太郎達も食べたぼたん鍋を頬張る。

「あいつらも、この鍋を食べてるかな」

「きゅい、若だんな。今日も食べないの？」

若だんなは、暁を覚えず、昼はのたりと寝続け、夜は早々に、眠りについてしまっているのだ。つまり一日中寝ていた。

「しょうがない、鬼ヶ島の話をするのは、明日だね」

ここで妖達は、勝手に役を割り振ると、鬼ヶ島の話を自分達でも演じ始める。

「きゅんい、小鬼、鬼の役！」

もう、ぽろぽろと泣かない、鬼の役だ。

「若だんな、見て！　きゅべ、寝てる」

早く治って、お芝居を見て欲しいと、妖達は格好良く動き出した。

一つ足りない

1

九千坊河童《きゅうせんぼうかっぱ》は、倭国《わこく》の西、海の果てにある中国の地より、泳いで日《ひ》の本《もと》へやってきた。

どこまでも大地が続くような国の、ぐっと奥にあった土地で、河童達はあるとき、飢えと寒さに見舞われたのだ。九千坊は、河童の一団の頭であったから、身内を守るため決断をせねばならなかった。

（国を出て高峰を越える道がある。峨峨《がが》たる稜線《りょうせん》を行き、遥《はる》かに遠い西の地を目指すのだ）

（それとも東を向き、川ではなく海というものを泳ぐか。噂《うわさ》に聞くのみで、あるかどうかも不確かな、倭国へ向かうわけだ）

本心では故郷から出たくなくとも、飢えに尻《しり》を叩《たた》かれた。そんな時、九千坊の事を名で呼ばず、〝千欠け〟と呼んでいたある河童が、先に西へ向かった。よって、もう迷う余地すらなく、九千坊は配下を率い、海へと突き進む事になった。

九千の河童が大河を下り、やがて海岸から東へ泳ぎ始めたのだ。

「塩辛い！」

九千坊の後ろで、手下の頭、青茶《あおちゃ》が泣き言を言っている。更に後ろの波間から、付いてきた者達のぼやきが聞こえてきた。

「ああ、波があって泳ぎにくい。腹も減った」

海へ行き着く為《ため》、河童達は大河、黄河を泳いできたが、確かに海は別物であった。水は妙な味がしたし、泳いでも泳いでも、岸が現れない。何日たっても周りには海しかなく、深すぎて魚すら捕れなかった。

（海とはもしや、果てもない場所かもしれぬ）

そう思った時、九千坊は先頭を泳ぎつつ、一寸《ちょっと》怖くなった。しかしそんな、とんでもない事は、口に出来ない。己は今、一族郎党九千匹を引き連れて、未知なる塩水の中を泳いでいるのだ。

（言えないぞ。倭国があるというのはただの噂で、先がない、明日がないかもしれな

いとは。口が裂けても言えないぞ）

もし、噂が嘘《うそ》であったら……付いてきている九千の河童達は、いずれ塩辛い海の中で、力尽きて溺《おぼ》れ死ぬしかない。よって九千坊は、自信に満ちた様子で泳いで泳いで、ただひたすら泳ぎ続けた。

（おれは頭なのだ。大丈夫だっ）

そして。

ついにある日の夜明け頃、藍色《あいいろ》の空の遥か先に、陸と覚しき黒い影を、目にする事が出来たのだ。

（本当に、倭国はこの世にあった！）

九千坊は涙を海の水に紛らせ、日の本の西、西海道《さいかいどう》たる九州の地に泳ぎ着いた。上陸すると、全《すべ》ての河童達はわぁわぁ泣いて、九千坊に縋《すが》ろうとした。そして頭を称え、神に感謝し、出会った倭国の河童にも、もの凄《すご》く優しく接した為、後々上手《うま》くやっていける事になった。

それから河童達は、倭国の川でまた、住処《すみか》を作っていった。水は清く魚は美味《うま》かったし、川近くに生えていた瓜《うり》やフキも、ご馳走《ちそう》であった。時を経ると河童達は無事、西の地に馴染《なじ》み、九千坊は筑前《ちくぜん》、筑後《ちくご》、豊前《ぶぜん》、豊後《ぶんご》、日向《ひゅうが》に薩摩《さつま》など、西の地に広がった河童達から、河童の王と言われるようになっていった。

（ああ、暮らしていけるようになった。心底ほっとした）

一息ついた九千坊は、秘薬を使い人に化け、時々村や城下へ顔を出すようになった。海の向こう、はるか西にある国から持ってきた河童の秘薬は、驚くべき薬効を持つ、誠に勝手のよい代物《しろもの》であった。

傷を治す、少々薬効のきつい薬は、赤い玉。黒い玉は惚《ほ》れ薬で、これは欲しがる河童が多かったが、九千坊は己で頑張るように言い、若いもの達へ玉を渡しはしなかった。後で薬に頼ったと知れたら、ずるい手を使ったと、相手から振られてしまいかねないからだ。

白い玉は、三日ほど眠らずにいられる薬で、海をゆくとき、力尽きそうな仲間に飲ませた。青い玉は、どんな相手とでも話せるという、誠にありがたい玉だったから、倭国に着いたとき、まず使った。倭国にいた河童にも渡すと感謝されたので、九千坊達は早くに仲良くなれた。

そして秘薬中の秘薬といえば、虹色《にじいろ》の丸薬であった。この秘薬を使えば、他のものに化す事が出来たのだ。九千坊は時々この虹色の玉をつかい、人の姿を取っていた。

（捕った魚を売って、好きな酒を買うのも、人であれば簡単だ。河童達の様子を見て

回るのにも、舟が使えるしな)

市で胡瓜《きゅうり》の苗を買い渡したところ、川近くで上手に育てている仲間もいる。思い切って、海を渡って良かった。九千坊は今、本心からそう思っているのだ。

しかし。

食うに困らなくなり、九州の球磨《くま》川《がわ》に居場所も出来ると、九千坊は時として、眉《まゆ》を顰《しか》めるようになった。時々……何故《なぜ》だか気持ちが揺れるのだ。今日も川にある大岩の上で、淵《ふち》へ目を落としつつ、ため息がこぼれた。口には出さないものの、誉れであるはずの己の名、九千という名が、実は大いに引っかかっていた。

(倭国に落ち着いたんで、おれは暇になったのか。馬鹿《ばか》な事を考えるようになった)

己でもそう思うのに、九千坊はつい、昔住んでいた土地での事を、思い出してしまう。己の名を〝千欠け〟と言われた事が、何度も思い出されていた。

九千坊の九千。それは万から千、欠けている数であった。

九は十より、一つ少ない。

九年は、区切りとなる十年に、一年足りない。

九十年と聞けば、あと十年で百年ですねと言われる。

九百年となると、もはや最初の頃を覚えている人はいなくなり、河童や妖《あやかし》ばかりと、昔を懐《なつ》かしむ事になる。

「千、欠けているのが、九千坊か。おれは頭として、何かが足りない者なのか」

河童の王は、欠けた己の名と向き合って、どうにも落ち着かないでいるのだ。

それに、だ。王、などとご大層に名乗っているが、中国に比べ大層小さいこの倭国ですら、己はすべてを手に入れていない。たとえば東の関八州《かんはっしゅう》には、その地を統《す》べる、名を知られた河童の大親分がいると聞く。禰々子《ねねこ》という、おなごの河童であった。

（美人で面倒見がよくて、怖いのだそうだ）

名前も、支配地も故郷も……九千坊ときたら、いつも何かが欠けており、こうして日々、密《ひそ》やかに悩んでいる。おまけにそんな悩みは、新たな不安を運んできてしまうのだ。

（己の力が足らぬ故《ゆえ》に、また国を追われるような災難に遭うのではないか）

尤《もっと》も、一回だけ手下の青茶に、その心配を告げたら、笑い飛ばされた。九州の地に、九千坊ほど強くて皆に慕われ、女好きである河童は、他にいないそうだ。

九千坊は苦笑を浮かべると、川縁《かわべり》の岩の上で、ごろりと横になった。

（こんなに天気の良い日に、何を思い煩《わずら》っているのか）

ところが寝た途端、横を流れる川の淵から、きーきー、かん高い声が聞こえた。見れば手下の青茶が突然淵に現れ、大声を上げているのだ。

「お頭、大変です。もう駄目です。どうしましょう？　何で、何も言ってくれねえんですか？」

「……青茶、落ち着け。何にも聞いてないのに、どう返答しろって言うんだ」

何を慌《あわ》てているのかと、九千坊は岩の上から問う。すると青茶は、水に浮かびつつ、とんでもない事を言ってきた。

「猿達が攻めてきます。我ら河童を、攻め滅ぼすつもりとか」

「は？　何でだ？　猿といつ、誰が揉《も》めたんだ？」

「お頭、河童が揉めた相手は、猿じゃありません。この西国でも名高い武将、加《か》藤《とう》清《きよ》正《まさ》公でして」

九千坊は、頭を大きくかしげた。

「武勇で名を馳《は》せている、大名ではないか。どうしてそんな者と、河童が揉めるんだ？」

「そりゃ九千坊様が、清正公お気に入りのお小姓に手を出したあげく、川へ引きずり込んで、死なせてしまったからでしょうね」

「へっ？」

少なくとも清正公はそう思っているらしいと、青茶は言ってくる。だが手下は、呆《ぼう》然《ぜん》とする九千坊の顔を見ると、直《す》ぐに首を横に振った。そして、その噂は間違っているでしょうねと、あっさり付け加える。

「だって九千坊様、女好きですもんねえ。東の大親分、怖い禰々子河童の噂を聞いた時でさえ、美人かと聞いてましたし」

そんな九千坊だから間違っても、お小姓に惚れるとは思えない。青茶は、きっと猿どもが悪意を持って、清正公をたきつけたに違いないと言い出した。

「猿が、人をたきつけた？　清正公と話したっていうのか？　どうやって？」

「先日、筑紫《つくし》にある水神様の宮で、倭国の河童が襲われて、猿に青玉を取り上げられました。他の所でも、青玉は狙《ねら》われてるみたいです」

多分猿はその玉を飲み込み、人の言葉を話し出したのだろうと、青茶は言う。倭国の猿は舌先三寸、清正公という大名を巻き込み、河童を攻め、九千坊が持っている他の秘薬も奪おうとしているのだ。

「水天宮で盗人《ぬすっと》の猿が、自慢げに言ってたっていうから、確かです」

九千坊は寸《すん》の間《ま》黙り込んだ後、渋い声で言った。

「猿が何で、我らの秘薬を欲しがるんだ？　猿の誰かが病なのか？　だが清正公と親しいのなら、河童の薬を狙わなくともよいではないか。清正公から、人の薬を頂けばいい」

すると青茶はちっちと言いつつ、水かきのある指を横に振る。

「お頭、それじゃ駄目なんですよ。人の薬には、虹色の玉なんてありませんからね。いけ好かない猿達はあの秘薬を使って、人になりたがっているんだとか」

それだけではない。猿は人になった後、一旦《いったん》仲間にした清正公まで滅ぼし、国を手に入れる気なのだ。周りの大名をもうち倒し、京へ上り、やがては日の本の地全てを、猿のものとしたいらしい。

噂は既に河童達の間を、駆け巡っているという。

「何と、魂消《たまげ》たな。猿は欲深いこった」

九千坊は、眉間《みけん》に深い皺《しわ》を寄せた。

（そういう腹であれば……宥《なだ》めても、猿は引かないだろうな）

猿は、嘘八百を並べ立てる事が得意なのだ。既に清正公を味方に付けているのなら、小姓の事について、九千坊が否定しても、聞いてはもらえないだろう。

九千坊は呆然とした後、恐る恐る青茶に問うた。

「それで？　河童を襲ってくる猿は、どれほどいるんだ？」

「それがその……とりあえず三千匹は、集まっているようで」

「さ、三千！」

「猿達は、それで足りなきゃ、九州の全ての山から、仲間をかき集めるって言ってます」

「……」

九千坊の顔色が変わったところで、別の声がして、若い河童が水の内から顔を出してきた。そして早くも猿達が、河童を襲い始めている事を、九千坊に知らせたのだ。

「今皆は、必死にお頭の所へ、逃げてきています」

九千坊なら、猿から仲間の河童達を守ってくれる。河童の王なのだから、この後どうしたら良いのか、ちゃんと教えてくれる。そう信じて疑わない目が、水の内から己を見てきて、九千坊は目眩《めまい》を感じた。

（ああ、三千の猿が相手じゃ、河童の手下達にゃ、勝ち目がないだろう）

数からいえば、今はまだ河童の方がぐっと多い。しかし、河童は猿が苦手であった。正直に言えば、もの凄く苦手であった。猿は古《いにしえ》よりの怨敵《おんてき》であり、要するに……会いたくもない相手なのだ。

その猿が、人を巻き込み軍を成し、攻めて来るというのだから、災難という他はない。猿が牙《きば》を剝《む》きだし襲ってきたら、九千匹の河童達は皆、水底《みなそこ》に潜って逃げ出してしまうだろうと思われた。

（今回は早くも皆、猿から逃げている。どれほど数がいようと、我ら河童は戦っても、まず勝てないな）

逃げ惑っている間に、川へ網でも投げられ、河童は根こそぎ捕まってしまう気がする。命さえ、危ういに違いない。九州は広く、九千坊が皆を一々、救いには行ける筈《はず》もなかった。

川の淵にいる青茶達は、不安げな目を向けてくる。

「お頭……猿達をやっつけるまじないとか、ないでしょうかね？」

九千坊はゆっくり首を横に振った。

「済まん、知らないんだ」

こうなっては、出来ることは限られる。九千坊は、一度歯を食いしばってから、腹を決めた。

（とにかくまず、皆の命を守らねばならん）

つまり。

「青茶、皆を早く集めろ。逃げるぞ」

「へっ？　あの、どこへです？」

「九州の地から逃げ出す。となれば、もっと東へ行くしかあるまいさ」

九千坊は人の姿になれるゆえ、書なども読む。この国についてあれこれ承知しているから、大丈夫だと言ってみた。

ただ京や大坂など、倭国でも繁華な地だという所へ、九千もの河童が向かえば、やはりそこで揉めるに違いない。ならば陸伝いに海を泳ぎ、あの禰々子河童が住むという、武蔵《むさし》の国を目指すしかあるまいと、九千坊は告げた。

「余り北だと寒くて、川が凍りそうだからな」

万一、禰々子河童が武蔵の国の川へ住む事を許さなくとも、相手が同じ河童であれば戦える。

「我らは飢えと寒さから逃げて、この地へきたのだ。今度は猿の牙から逃げるだけのこと」

とにかく、一族が生き延びねばならない。

「我ら河童が泳ぎ出せば、猿はついては来られまい。海へ入り、まずは九州の北から、内海を目指すぞ」

中国から来た時と違い、今度は倭国の陸沿いに泳ぐのだ。夜は陸へ上がり、休む事も出来るはずであった。

「は、はいっ」

青茶達は急ぎ水にもぐり、王たる九千坊の考えを、河童達へ伝えにいった。

残った九千坊は、一人球磨川の畔《ほとり》の緑豊かな木々へ目を向けると、ため息をついた。その心安らぐ眺めを愛し、九州の地へ落ち着くのだと、心より思っていたのだ。なのに、縁がなかったらしい。

「この地こそ、我らに許された、居場所の筈ではなかったのか？」

もう一度、ため息が出た。

2

九千坊達河童の一団は、瀬戸内、大坂の沖、三河《みかわ》の浜近くの海を、泳いで過ぎていった。その後、天龍川《てんりゅうがわ》、大井川、安倍川《あべかわ》の河口を見つつ、更に東へ向かった。

駿河《するが》の湾は波も静かで、近くに見える山や里は、緑豊かで暮らしやすそうであった。手下達はこの地の川へ落ち着きたいと言ったが、九千坊は諾と言わなかった。そういう、いかにも良き川筋には、既に河童や他の妖達が、多く住み着いている筈だからだ。

（こっそり紛れ込むのは無理だ。我らの九千という数は、余りにも多い）

よって半島沿いに泳ぎ、酒匂《さかわ》川《がわ》が流れる小田原の沖へと向かった。九千坊達が、どこに落ち着くにしても、まずは関八州の大親分、禰々子河童への挨拶《あいさつ》が必要だと思われた。

（いや、頭を下げても、この人数だ。受け入れてもらえるかどうか、分からんな）

九千坊は海を泳ぎつつ、戦いをする事になるかもしれぬと、口を引き結ぶ。九州にいたとき、関八州から突然、九千匹もの河童が移ってきたら、己はどうしただろう。相手が困っていても、迎え入れる事が出来たかどうか。九千坊には自信がなかった。

中国から渡った先の九州に、大勢を受け入れるだけの余地があったのは、運が良かったのだ。

（もし我らを迎え入れたら、その後ずっと、九千匹分の食い扶持《ぶち》をどうするか、考えねばならなくなる。簡単な事じゃない）

またもやため息が出そうになり、九千坊はそれを押し殺した。ところがその直ぐ後、思わず大口を開け、塩辛い水を山と飲んでむせ込んだ。

「げふっ、ごほっ、げっ」

「お頭、どうしました？」

慌てて側《そば》へ泳いできた青茶へ、九千坊は少し先の海面を指さした。するとその内近くへ、何やら流れてくる。それが河童の姿をしていたものだから、いつもは落ち着いている手下の頭が、やはり大口を開けたあげく、塩水を飲み込んでしまった。

「げぼっ、げーっ。何で海に、河童が流れてるんでしょう」

見た事のない顔だったし、ちょいと色も違っていたから、どう考えても九千坊の仲間ではない。驚いている内に、流れ去ってしまったので、九千坊は慌てて後ろを泳いでいる者に、流れ河童を拾わせた。その後更に十匹近くの河童が、海を漂ってくる。しかし九千坊達は数が多かったので、見逃す事無く拾っていった。

すると。

暫《しばら》く間を置いてから、また見つけた赤っぽい河童は、九千坊が手を摑《つか》んだ時、ぱちりと目を覚ましたのだ。

「おお、おぬし、無事であったか。とりあえず、良かったな」

広い海で行き逢《あ》い、せっかく助けたのだ。死体ではなく、元気な河童である方がいい。九千坊が明るく言うと、赤い河童は、己が海にいることに驚いたようで、おもいきり慌てて、こちらも塩水を飲んだ。

「げふっ。そ、そのっ、あたしは杉戸《すぎと》と言います。こう見えても、関八州の河童の大親分、禰々子姉さんの一の子分なんで」

「これはこれは思わぬ出会いをしたな。禰々子の親分さんには、是非会いたいと思っていたのだ」

九千坊と青茶は一寸驚き、泳ぎつつも、杉戸河童へ名乗った。九州の河童の王と聞き、杉戸河童は目を見開くと、驚きの目を、後ろから泳いでくる九千匹の河童達へ向けた。

そして、流れて来た河童十四は、皆、九千坊の子分が拾ったと聞くと、杉戸河童は泣きそうな顔になって、礼を言ってきた。

「しかしな。禰々子親分の手下が、何で海を流れてたんだ？」

すると杉戸河童は話をする前に、海で一寸考え込む。そしてまた、恐ろしく大勢の河童達へ目を向けた後、意を決したように一つ頷《うなず》き、九千坊を見てきた。

「あの……九州の王、九千坊の親分さん、頼みがございます。後で必ず恩は返します。ですから我ら関八州の河童を、助けては頂けないでしょうか」

そう言うと海の真ん中で、律儀《りちぎ》に頭を下げてきたものだから、泳ぐ手が止まって、杉戸河童は溺れそうになる。

青茶が急ぎ引っ張り上げると、杉戸はむせ込んだ後、事情を簡潔に話した。

「実は……我らが頭の禰々子姉さんが、先刻河童屋敷から攫《さら》われたんです」

「は？　日の本に聞こえた大親分を、襲った者がいるっていうのか？」

九千坊が魂消て問うと、杉戸河童は頷いた。

「今、海に流れていた河童達は、その無法を止めようとして、返り討ちに遭っちまった面々なんです」

禰々子を攫ったのは、ある武家と、その男が連れてきた剣呑《けんのん》な一団であった。

「実は……武家の連れは、猿の軍団でして―」

相手が苦手な猿でなければ、遅れを取りはしなかったのにと、杉戸は悔しそうに言った。

「さ、猿っ？　そうか、お頭、武蔵の国にも猿はいるんですね」

「そりゃあ、いるんだろうな、青茶。いや、今までおれも、考えていなかったが」

横で青茶が肩を落とし、九千坊は一瞬、口をへの字にする。そして、背後にいる手下達へ目を向けた後、話をするなら、その前に九千の手下達を陸にあげたいが、良き場所を知らないかと、杉戸へ持ちかけた。

「落ちつき先を教えてくれれば、そこでお前さんの話は聞くから」

九千坊が約束すると、杉戸は深く頷いた。

皆はその後、杉戸河童の案内で、小田原の酒匂川へ向かった。

西から向かうと、川は小田原宿を越した先の地に流れ下っている。橋が架かっていないので、川越し人足がいると杉戸河童は言った。

「そこを九千匹の河童が、昼間から突っ切る訳にゃいきません。九千坊の親分さん、暗くなるまで、海で待っておくんなさい」

その間に、まず杉戸河童が海に浮かびつつ、禰々子に降りかかった災難の子細を、九千坊達へ重々しく語った。

「うちの姉さんは、そりゃあ格好が良くて立派な、河童の親分なんですよ」

よって河童だけでなく、他の妖らや、時に人にまで頼られるものだから、禰々子は日々骨惜しみもせず働いている。禰々子は胡瓜だとて、それは粋《いき》に食べるし、関東一の大河、坂東《ばんどう》太郎こと利根川《とねがわ》に、惚れられてもいる。杉戸河童自慢の頭であった。

「本当に、毎日忙しいんです。それで姉さんはたまに、まとめて寝る時があるんですよ」

そうなったら雷が鳴っても、手下達が十匹がかりで揺すっても、禰々子は起きはしない。前々からずっとそうで、その時は、利根川の傍にある河童屋敷へ誰かが訪ねて来ても、会うことは無理であった。

「ですからねえ、禰々子姉さんの癖を承知している者は、存外多いんです」

つまり今回、襲ってきた武家と猿は、禰々子の強さをはばかり、そうやって寝ている時を狙ったのだ。その馬鹿《ばか》は、大名北条《ほうじょう》の家臣だと杉戸は言った。

「名前も分かっております。きちんと名乗ってきたんで、こっちもつい、油断しちまったんですよ」

佐山九郎十郎《さやまくろうじゅうろう》と言う、猿に似た顔の地侍らしい。そして連れの猿達は何と、笠《かさ》を被《かぶ》り着物を着て、人のような形《なり》をしていた。

「佐山は、最初は一応乱暴をせず、話をしてきました。奴《やつ》は我ら河童に、秘薬を差し出せと言ったんです」

「秘薬？」

「それがねえ、佐山ときたら、猿を人にする秘薬を欲しがってたんですよ」

どこで聞いたのか、その秘薬を河童が持っていると、佐山と猿は信じていた。

「いや一瞬、頭がどうかなっているのかと、奴らの事を疑いましたがね」

だが、じきに杉戸河童も、そんな秘薬が、この世にあるのかもしれないと思い始めた。何故ならそのとき河童屋敷で、人である佐山と猿が、困りもせずに話していたからだ。

「何でも猿達は、飲めばどんな相手とでも話せる秘薬、青い玉を飲んだんだそうで」

「青い……玉？」

そして人と話し始めた猿達は、佐山と仲間になった。次は別の秘薬で猿を人と化し、佐山は彼らを兵にする気だった。

「そうして万の軍を持ち、いずれは北条に成り代わって、この地の大名になる。佐山は本気でそう言ったんです」

しかし何を言われようとも、禰々子は寝ており、己で目覚めるまで起きはしない。秘薬の事など杉戸河童は知らず、武家と猿に問い詰められても、返答は出来なかった。

「だから、一旦帰ってくれと言ったんですが」

断った途端、武家と猿は、悪辣《あくらつ》なる者に変わった。秘薬を無理にでも手に入れたかったのか、利根川の屋敷から、寝ている禰々子を舟に乗せ、海の方へ連れ去ったのだ。河童達は勿論《もちろん》抵抗したが、相手に猿がいたため、思わぬ敗北を喫してしまった。

「それでも我らは川を泳いで、舟の跡を追いました」

利根川を下り江戸湊《みなと》まで出ても、猿達の舟は止まらなかった。河童らは海にまで泳ぎ出て、更に西へ西へと行き、小田原近くまで舟を追ったのだ。

「そうして、酒匂川の河口まで行ったところ、猿の仲間達が待ち構えてまして」

十四ほどの河童が返り討ちに遭い、海を漂う事になったわけだ。

「九千坊の親分さん方に助けて頂けなかったら、我らは今頃、海の果てを流れておりました。姉さんを、助けに行く事も出来なかった。本当にありがとうございます」

その時九千坊は海に浮かびつつ、青茶と顔を見合わせた。そして首を傾《かし》げると、九州での出来事を杉戸へ告げる。

「そのな、最近九州にも、人と話せる猿が現れたんだ。猿達は、おれが加藤清正公の小姓に懸《け》想《そう》したあげく、殺しちまったと話をでっちあげた。そうやって清正公を味方につけ、河童を攻めてきたんだ」

それで九千坊達は、とにかく九州を離れる事になった。

「その猿達は、人になることが出来る、河童の秘薬を欲しがってたな」

猿達は人になった後、いずれは清正公に取って代わり、西の国を手に入れる気であった。いや、日の本全てを欲しがっていた。

すると、話を聞いた杉戸河童が、大きく首を傾げる。

「不思議ですね、そっくりな話ですね。九州と関東の猿たちは、何で同じ頃、似たような欲を出したんでしょう。そもそもどうやって、人と話せる青い玉を、手に入れたのやら」

　途端九千坊は、両の眉尻を下げてしまった。

「それはその……」

　そして己が禰々子達に、大きな迷惑をかけてしまったようだと言ったのだ。

「親分さん、どうなさいました？」

　九千坊達は懐《ふところ》へ手を入れると、戸惑う杉戸河童に、取り出したものを見せた。それは青い玉で、天上で輝く日の光を受け、まるで宝玉のように淡く光った。

「杉戸河童さん、こいつが、猿達が手に入れた秘薬、青玉だ。我ら西の河童が中国より携えてきた、秘薬の一つでな。飲めば、相手の言葉が分かるようになる」

　九千坊達はかつて、海の向こうから海を渡り、異国である倭国へたどり着いた。そのとき、言葉に困ったのだ。

　それゆえ九千坊は、秘薬の青玉を使った。そして、九千匹もの仲間を受け入れてくれた西海道の河童にも、礼として青玉を渡した事を話した。

「最初は大いに助かった。だが青玉は、考えの他の事も起こしちまった。九州の猿は地元の河童から、この青玉を奪ったんだ」

つまり猿達が人と話せるようになったのは、九千坊のせいらしい。人の言葉を話せるようになった猿は、悪知恵を働かせ、一層剣呑なものと化した。人すら利用し、この世の全てを欲しがるようになったのだ。

「猿達は別の秘薬も奪おうとしたが、俺たち河童に逃げられちまった」

すると猿達は、居所の分かっている同じ河童から、秘薬を手に入れようと思いついたらしい。関八州の大親分禰々子は、それは高名だ。だからその禰々子ならば、河童の秘薬を持っているに違いないと考えたのだろう。

よって九州の猿はまず、小田原の猿に青玉を送り、仲間にしたのだ。

「贈られた青玉を飲んだ途端、人の言葉を話せたんだ。小田原の猿達は、喜んで九州の猿と手を組んだ事だろう」

「親分、海を泳いだ河童より先に、青玉が小田原へ着いたのは、船に運んでもらったんですかね」

九千坊は青茶へ頷き、それから顔をしかめた。小田原の猿が人の言葉を話し出すと、その剣呑な思惑に、下克上を目指す佐山が乗ったのだ。人と猿は無謀にも、寝ている禰々子河童を襲った。

「しかし秘薬は、中国から持ってきたものだ。つまり禰々子親分は、秘薬の事など知らないだろう」

秘薬の為に、とんだ迷惑を掛けたと言い、海を漂いつつ、九千坊は杉戸へ頭を下げる。

「よって我ら九州の河童は、何をおいてもまず、禰々子親分を取り戻す為、手を貸す。ここで約束をする」

杉戸河童の目に涙があふれ、海へ落ちていった。

「あ、ありがとうございます。何て義理堅い親分さんだ。この恩、忘れはしません」

九千坊は優しく頷いたが、実は内心、困ってもいた。

(こりゃあ、先々禰々子河童さんと、揉める訳にはいかなくなったかな。でも姉さんが、我らを武蔵へ受け入れる余地が無いと言ったら、どうしよう)

何しろ仲間は、九千匹もいるのだ。九千坊は何としても、その皆を食わせねばならない。

(ああ、頭が痛い。たった九千匹でこれなのに、日の本全てが欲しいなんて。猿は頭がどうかしてるんだ)

先が見えず、九千坊は背後に控える河童の群れを見て、またそっとため息をついた。

3

辺りがとっぷり暮れると、河童達は静かに暗い川を遡《さかのぼ》った。そして杉戸に導かれ、一旦身を隠せる、箱根近くの山へ入って行った。山は深く、幾重にも連なっており、谷間には川が流れ魚もいた。

「こちらでしたら、しばらくは居て頂いても大丈夫です」

数多《あまた》の手下達がとりあえず落ち着くと、九千坊は翌朝から動いた。己は人の姿をとり、青茶と杉戸河童には着物と笠を使わせて、親子の風体《ふうてい》で小田原の人里へ出かけたのだ。

禰々子河童を取り戻す為、本当は手下達を大勢連れて行きたかった。が、猿達と揉める前に、こちらの素性を人に見抜かれるのは拙《まず》い。怪しの者として退治されかねないから、とりあえず目立たないよう、己れらのみで動いたのだ。

「まずは禰々子親分の、居場所を摑みたい。それが分かったら、人目につかぬよう取り戻す算段をしよう」

「ああ九千坊の親分さん、やっぱり指示して下さる親分がいるってぇのは、落ち着きます」

杉戸河童は、ほっとした顔をしている。

杉戸の仲間が話していたが、小田原は、旅籠《はたご》だけでも百軒近くあり、本陣が四軒、脇《わき》本陣も同じ数ある、大きな宿《しゅく》なのだそうだ。通りに並ぶ店の構えも、なかなかに立派であった。

街道は人通りも多く、九千坊達へ、要らぬ声を掛けてくる者などおらず、ありがたい。九千坊は歩みつつ、そっと虹色の玉を取り出すと、杉戸河童に見せた。

「綺麗《きれい》な玉だろう？　こいつも、河童の秘薬の一つだ。これを使って、今日、おれは人に化している。つまり猿達が欲しがっているのは、この秘薬だ」

杉戸河童が目を見張り、思わず手を伸ばして来たので、九千坊は手を握り玉を隠した。

「こいつは秘薬の中でも、少々剣呑な薬なんだ。勝手に触っちゃ、いけないよ」

「す、すみませんっ」

「はは、そんなに頭を下げるな。だが、本当に危うい薬でな。だからおれは虹色の秘薬を、他の河童に使わせた事はないんだ」

片腕である、青茶にもだ。何故なら薬効の強い薬は、使う者自身が強くないと、厄介な事になるからだ。九千坊は道端で見かけた、踊りを見せているおなご達へ目を向けると、そちらを見たまま話してゆく。

「たとえば手下の誰かが、この薬を使ったとする。そいつは、あそこで踊っているような、綺麗なおなごに化けるかもしれん」

しかし、秘薬の力に振り回されてしまえば、二度と河童に戻れなくなる事もあり得た。ふざけて使うには怖いもの、それが虹色の秘薬なのだ。

「だが、こんな薬効の秘薬があるって事を、小田原の猿達は、どうやって知ったんだろうな」

すると、歩きつつ首を傾げる九千坊の横で、青茶が、その訳なら分かると言いだした。

「お頭は九州で時々、人の姿になって町へ行ってましたよね。人の作った酒、買いに。大好きですから」

そいつを猿達は、山から見ていたのではないか。そして河童の秘薬さえあれば、生まれも体の大きさも、一瞬で超えられることを知ったのだ。そして猿達は、九千坊のように、川魚と品物を取り替えるだけでなく、人の作った国を、そっくり頂こうと思いついたのだろう。

「猿達は、欲が深くっていけませんや」

そうやって話している間に、おなご達の踊りが一旦終わる。すると九千坊はさっと、踊り手を束ねているらしい、少し年かさのおなごへ近寄った。そして大層良い踊りであったと褒め、金の粒を女の掌《てのひら》に載せると、さりげなく侍の事を問うたのだ。

「お前さん達のように綺麗で、踊りも上手《うま》いおなごなら、侍の屋敷へ招かれる事もあろう。訪ねる相手の住まいが、分からないのだ。佐山というお武家の屋敷を、知らぬだろうか」

途端おなごが笑って、少し先の細い道を指した。

「佐山様のお屋敷なら、そこの脇道の先ですよ。けど佐山様は最近、あたしらを招いたりしませんねえ」

佐山家は北条の家臣だが、元々、胃の腑《ふ》の薬を作っていた家なので、羽振りは良い。以前は確かにおなご達を、よく屋敷へ呼んでいたそうだ。

「でもね、最近佐山様は、様子が変なんです」

おなごの踊りなど見向きもせず、だからといって、鷹狩《たかが》りなどに精を出す事もしない。屋敷の門さえ、閉ざしたままなのだ。

「そしてね、屋敷の内に、なんだか背の低い輩《やから》がいっぱい居るって、噂《うわさ》になってるのよ」

　気味の悪い話だから、近頃は振り売りの者すら、あの脇道には入っていかないと、おなごは口にする。

「お兄さんも、あのお屋敷へ行く気なら、気をつけて下さいな」

「うん、ありがとう。本当に優しいおなごだね、お前さんは」

　九千坊はきゅっと女の手を握った後、優しく微笑《ほほえ》んでから、通りで待っている杉戸と青茶の元へ帰った。

「佐山の屋敷の、場所が分かった。猿達が集まっているようだ」

「おんや。武家の屋敷は、〝さやま〟ならぬ、〝さるやま〟になってるんですね」

「とにかく、様子を見に行ってみよう」

　猿が数多居るとしたら、禰々子がまだ目を覚ましていなかった場合、屋敷の外へ連れ出すのは難儀な事になるかもしれない。九千坊がそう言って脇道へ踏み込むと、隣で歩く杉戸河童が頷き、しかしと続けた。

「禰々子姉さんが目を覚ますと、きっと、もっと大変です。ですから姉さんが起きる前に、事が終わるといいんですが」

「えっ？」

九千坊と青茶が揃《そろ》って足を止め、杉戸を見た。何か妙な事を聞いたような気がして、九千坊は戸惑いつつ、杉戸へ問いを向ける。

「あの……何で、禰々子親分が目を覚ますと、難儀になるんだ？　杉戸さん、禰々子親分は強いんだろう？」

「ええ、とっても。姉さんは河童だけど、相手が大河の坂東太郎だって、河童が苦手な猿達だって、臆《おく》しはしません」

いや河童は皆、猿が苦手なのだから、禰々子も本心では猿が駄目なのだろう。だから無謀な猿が挑んで来ると、禰々子は戦いを早々に終えるべく、猿を直ぐに伸《の》してしまうと、杉戸は言い切った。

その上禰々子は、卑怯《ひきょう》な事や、こすっからいやり方が大嫌いであった。例えば、道の先に見えてきたような侍屋敷へ、寝ていて逃げる事も出来ない者を閉じ込める事も、許しそうもないのだ。

「もし今回、猿屋敷の中で姉さんが気がついて、勝手に小田原にまで連れて来られたと知ったら。きっと、もの凄く怒ると思います」

正直に言えば杉戸河童でも、怒りだした禰々子の側に居るのは、ご免だという。一旦怒りに火が付いたら、禰々子を抑えられる者など、杉戸は知らないのだ。

「ええ、姉さんが怒ったら、坂東太郎だって、全力で逃げ出すんですから」

「杉戸河童さん、じゃあ、ここから帰るか？」

「そういう事も出来ないんで。姉さんは、腰抜けもお嫌いです」

だから仕方ないと杉戸は言い、佐山家へ行き着くと、塀近くの木へよじ登り、そこからさっさと中へ入ってしまった。そして横手にあった木戸を開け、九千坊達を引き入れる。

屋敷の内には幾つもの棟が並んでいたが、ひっそりとして見えた。

「いや、すぐに入れて助かった。そして杉戸さん、まだ禰々子親分は、目覚めていないようだな」

「ええ、猿達が騒いでませんから」

屋敷内へ入ったのだから、ぐずぐずしてはいられない。三人は素早く、人を閉じ込めておけそうな場所、蔵などを探し、佐山家の奥へと踏み込んでいった。だが佐山の屋敷は、思っていたよりずっと大きく、なかなか禰々子の居場所を突き止められない。思い切って屋敷の内を調べ始めても、駄目であった。

「参ったなぁ。佐山家の猿達が現れて、禰々子親分の居場所を、教えちゃくれないかねえ」

六畳間で九千坊がぼやくと、そっと障子戸を開けていた青茶が、そうは都合よくいきませんよと親分をたしなめる。

「しかし誰もいないのは、気味が悪いですね。やっぱり禰々子親分が起きて、猿達をやっつけたのかなぁ」

青茶が首を傾げると、廊下を進み始めた杉戸が、それはなかろうと言った。伸びた猿達が、屋敷に転がっていないからだ。

「姉さんが起きた時、嫌いな猿達に会ったら、猿が無事で居るとも思えません。猿達はきっと人の言葉で、余分な事を言うでしょうからね」

禰々子は雷を落とし、猿達が二度と要らぬ事を喋《しゃべ》らないよう、呑《の》んでいる青玉を吐き出させる位の事はすると言う。九千坊が頷いた。

「我が物にしていた人の言葉を、失う訳か」

つまり端《はな》から話せないより、猿達は気落ちするに違いない。

「そいつは、良い仕返しになりそうだな」

杉戸も頷く。

ところがその時、「ふんっ」という声と共に、突然向かいの障子戸が開いた。そして隣の部屋には何と、武士達を引き連れた大勢の猿達が、身構えていたのだ。

「へっ？」

先頭にいた猿が、憎々しげに杉戸へ言う。

「河童が人に案内させ、親分を取り返しに来たようだ。やれ、出来もせぬ大言をほざいておるわ」

己達の親分を守ることも出来ず、叩《たた》きのめされ、海に流されたくせに、威勢だけはいい。佐山家の猿達にそう言われて、杉戸は口を引き結んでいる。

何しろ河童は猿が苦手な上に、こちらは三匹、相手は何十匹も居たからだ。そして振り返り、九千坊を見た杉戸河童の目が、ここで一層、大きく見開かれた。

「へっ？　九千坊の親分さん……もう、捕まっちゃったんですかい？」

後ろから来た別の一団に、九千坊達はあっさり囲まれていた。

4

九千坊達は荒縄で七重八重に縛られ、屋敷奥の蔵へ放り込まれた。

蔵の戸は分厚い上、閉められた戸に、表から鍵《かぎ》が掛けられる音がした。河童らを見下してきた割には、猿達は用心をしている。その上、蔵の中に禰々子の姿が無いことを知り、杉戸河童は泣き出しそうになった。

「ああ、この蔵にも姉さんは居ません。あの猿達、関八州の大親分を、どこに閉じ込めているんだろう」

するとここで、ぶちりという音と共に、九千坊があっさり立ち上がった。腕に掛かっていた荒縄のなれの果てを振り解《ほど》くと、青茶の縄もちぎる。次に杉戸の縛《いまし》めを解いた時、利根川の河童は、九千坊を呆然とした目で見た。

「あの……こんな事がおできになるんなら、先ほどは、どうしてまた簡単に捕まったんですか？　あ、もしかしたら姉さんと同じ所へ、放り込まれると思ったんでしょうか」

「はは、そうなると嬉《うれ》しかったんだが。駄目だったな」

九千坊が情けなさそうに笑うと、青茶が直ぐ親分へ、閉じ込められたからといって、無茶は駄目だと言いかける。しかし、青茶はお小言を、最後まで言えなかった。話している間に、九千坊が蔵の壁を一蹴《ひとけ》りして、さっさと大きな穴をこしらえたからだ。

「お頭！　ここは東の国なんですぜ。西国の者が、ものを壊しちゃ駄目でしょうが」

「青茶、敵方の蔵だから構わないだろう。それに壁が薄かったのかね。大した音もしなかったぞ」

しかし、壊れた分厚い土蔵の壁を見て、杉戸は首を横に振った。そしてそっと、青茶へ言葉を掛ける。

「うちの姉さんも、時々こういう無茶をやります。叱《しか》っても、またやっちまうんで、ずっと止められないんですよ」

手下としては、困りますよねぇと言い、杉戸は息を吐《つ》く。すると青茶が、河童の大親分の無茶は、やる事が大きいから大変だと、杉戸へ深く頷いた。

「九千坊親分ときたら、西国でも遠慮無しでしたよ。九州の猿達は、その無茶ぶりを覚えてるから、今回は負けまいと、人を巻き込んだんでしょう」

例えば九千坊は以前、ある山をぶち壊した事があると、青茶は言った。

「こっちが驚いた時には、もう壊した後だったんです」

すると九千坊は、そこだけを言うと、自分は暴れ者みたいではないかと、口を尖《とが》らせる。

「あれは地震で山崩れが起こって、川が堰《せ》き止められたから、退《ど》けたんだ」

水が流れなくては、川がなくなってしまう。河童達が、魚を捕れなくなるだろうと、九千坊は真っ当な事を口にした。

だが青茶は、その内、水が土を押し流しただろうから、放っておけば良かったのだと言う。九千坊は頬を膨らませると、穴が開いたのだから、さっさと土蔵から出ろと、二匹をせき立てた。

青茶は杉戸と素直に表へ出たものの、その間も語るのを止めなかった。

「親分、今度はこの屋敷を壊す気じゃないでしょうね。いけませんよ。そういう事をすると、無法者って言われますよ」

「そうか？　杉戸さん、禰々子殿なら壊さないかな？」

杉戸は首を傾げた。

「姉さんは、まだ屋敷丸ごと壊した事は、無いですねえ。ですが畑地の水が涸《か》れたんで、井戸を作ろうと、地面を一発、拳《こぶし》で打った事はあります。あの時は井戸どころか、大きな池が出来ちまいました」

「そんなものだよなぁ」

九千坊は頷きつつ、屋敷の庭沿いに歩んでみたものの、やはり禰々子の居場所は見当も付かない。このままではまた猿達と出くわし、揉《も》めそうであった。

「もう一度捕まって、蔵へ戻るのも馬鹿馬鹿しいな。かといって俺たちが猿どもをやっつけたりしたら、屋敷のどこかで寝ている禰々子殿が、人質に取られるかもしれん」

すると杉戸が、ならば一旦《いったん》、屋敷から引くかと、九千坊に聞いてくる。

「杉戸さん、それではふりだしに戻ってしまうぞ」

「……ですよね」

九千坊はここで杉戸へ、何とか禰々子を起こす方法はないかと、問うてみた。関八州の大親分だ。起きてしまえば寝ぼけていても、己の身一つくらい守れるに違いない。

「そうなれば、おれは暴れる事が出来るんだが」

「あの……姉さんを起こす方法が、無いわけじゃありませんが」

杉戸は辺りへ目をやり、庭の木陰に隠れると、本当に用心しつつ小声で言った。何をしても起きないと言われている禰々子だが、実は以前一度だけ、寝ていた時、飛び起きた事があったという。その時の出来事を真似《まね》れば、禰々子は多分、起きる。

だが……だがだが、しかし。

「姉さんは平素でも、寝起きは良くない方です。そして、目覚める前に起こされた姉さんの怖さは、とんでもないんですよ」

以前起こした時は、誰かがわざとやった訳ではなかった。しかし禰々子は天災のごとく、恐ろしくなった。

「今日ここで姉さんを起こしたら、まず初めに猿と佐山達は、殴り飛ばされ、どこかへ消えますね」

海の向こうまで飛んでいっても驚かないと、杉戸は言う。

佐山の主《あるじ》である北条は、手下の軍を禰々子に打ち破られ、この地の支配を失うかもしれない。となれば関八州だけでなく、その周囲の大名達も、禰々子に襲いかかってくる事もあろうが、きっと同じ末路となる。

「何しろ姉さんは、怒ると手がつけられなくて。それに姉さんへ兵を向ける者がいたら、大河・利根川である、坂東太郎が怒ります」

川を敵に回すと厄介な事になると、河童達は承知しているのだ。

更に今回は九州の猿達も、小田原の猿と一緒に、事に関わっている。いやそもそも、西から始まった騒動であった。だから西の猿達もこの後、禰々子に放っておいちゃもらえまいと、杉戸は言い切った。

「遠方にいようが、清正公が味方になっていようが、禰々子姉さんは怒ったら、お構いなしです」

禰々子が西の猿のところへ挑んでゆけば、きっと猿は、清正公と一緒に軍を向けるだろう。そうなると大河三兄弟の長男、坂東太郎が禰々子の為《ため》に、声を掛けるから、西の大河、筑後川である筑紫次郎も動くに違いない。

「猿と清正公の軍だって、姉さん達は打ち破る筈《はず》です」

すると、大名を破った河童を放っておけなくなり、西国の他の大名も、討伐《とうばつ》に立ち上がる事になる。となれば互いに、総力での戦いになり、大河と縁深い水神も禰々子に味方する事だろう。禰々子は、大河と水神、河童達を率いて、数多の大名達を端から倒してゆく事になるのだ。

「日の本中が、天下分け目の合戦に巻き込まれます」

杉戸がそうなるに違いないと言うので、九千坊と青茶は困った顔になった。

「禰々子親分を起こすと、倭国《わこく》の明日が変わるのか。そいつは拙いなぁ」

三匹は腕を組みつつ庭を歩き、その内、木の陰にひっそりと建っている土蔵へ行き着いた。しかしその蔵も、しっかりと鍵が掛けられている。

「西国の大名が戦に敗《ま》けるのは、構わないんだ。しかし戦の勝敗が、河童の癇癪《かんしゃく》で決まっていいんだろうか」

九千坊が、両手で鉄の鍵を壊しつつ言うと、杉戸は悲しそうに頷き、ため息を漏らしている。

「あんまり、外聞のいい話じゃありませんよね。それにです」

日の本の大名達を、そっくり葬《ほうむ》り去ったら。それこそ猿達がなりたいと願っていたように、禰々子は日の本のてっぺんに、立つ事になるだろう。

ところが禰々子はどう考えても、そんな事は望んではいないのだ。頭になると、ゆっくり寝ることも難しくなると、今でも時々、ぼやいていると、杉戸は言う。

「あたしは姉さんから、山と愚痴を聞く事になります。どうしたらいいんでしょうね」

正直に言うと、そういうとんでもない話になるのが怖くて、急ぎ禰々子を取り戻したかったのだと、杉戸が大まじめに語った。

九千坊と青茶は、一瞬呆然《ぼうぜん》とした後、重い蔵の戸を開けていった。九千坊は、それからゆっくりと杉戸河童へ目を戻し、苦笑を浮かべて言う。

「今の今まで、杉戸さんは禰々子河童さんが危うくなるのを、案じているんだと思ってたよ」

いや、杉戸が主を案じていない訳ではないが……禰々子が日の本全てを手に入れ、ゆっくり眠れなくなることを、心配しているとは思わなかったのだ。

「何と、参った。禰々子親分は、思っていた以上の大親分だな」

「あの、九千坊の親分さん。禰々子姉さんは今まで、喧嘩《けんか》で怪我《けが》なんかしたことないんで」

それよりも、だ。禰々子がやらかしそうな大事を心配した方が、主の為というものであった。杉戸が真剣に言うと、九千坊は、可笑《おか》しそうに笑い出した。

「ああ禰々子親分に、惚れてしまいそうだ。ならば親分が目覚めて、日の本の頭となる前に、さっさと猿達から取り戻して、利根川へ帰ろう」

そして、これ以上手間をかけるのも悪いから、猿達の背をぶっ叩いて青玉を吐き出させる役目は、九千坊が引き受けると続けた。

「うっかり青玉を広めてしまったのは、この九千坊だからな」

西の河童の間抜けが、日の本の主を決めてしまうという珍事を、起こしたくない。それに禰々子の眠りも、邪魔したくないと九千坊は言った。

「こりゃ、ご立派な事で」

杉戸は感激して九千坊を褒めたが、頭の行いには慣れている青茶は内戸の鍵を外そうとしつつ、ちらりとこちらを見てくる。

九千坊は笑いながら、二つ目の鉄の鍵も引きちぎった。そして禰々子に力を貸すのは、己の為でもあると口にした。

「〝千欠け〟が馬鹿をしたんで、倭国がひっくり返った。そんな話になったら、それこそ千年たっても噂に残っちまうじゃないか!」

それは嫌だと言ってみる。すると杉戸河童が側《そば》で、目をしばたたかせた。

「〝千欠け〟？　何です、そりゃ」

隣で青茶が苦笑を浮かべ、杉戸へ話し出す。

「うちの親分の名は、九千、坊でございましょ？　一万から千、欠けた数だ。ちょいと足りない奴、っていう嫌みです。そう言って、親分を貶《けな》してくる輩《やから》が、中国にはいたんですよ」

何故《なぜ》そういう事を言うかというと、正面から九千坊に挑む事が出来ないからだ。例えば、言葉を得て清正公を味方にしていない時は、猿も、こそこそ陰口を言っていた。十に満たない九という数は、言いがかりを付けるのに、ちょうど良い数だったのだ。

「聞き流して下さいと、いつも言ってるんですが。親分ときたら、どうも気にしちまってるんですよ」

おや、鍵は開けたのに蔵の内戸が開かないと青茶が一所懸命引っ張っている。

「考えの足りない奴は、どこにもいるもんですね。特に猿はそうだ」

とにかく、嫌がらせを気にする事はない。青茶は落ち着いた声でそう話していたが……一寸の後、いきなり戸が開いたので、ひっくり返って転んだ。

途端、青茶が「げっ」と、短い声を出す。蔵の中から、刀が突き出されてきたからだ。剣呑な顔をした沢山の猿達が、魂消《たまげ》るほど蔵内から出てくる。杉戸は言葉を失い、九千坊は眉間《みけん》に皺《しわ》を刻んだ。

「うへえ……。もしやこの蔵に、禰々子殿が捕まっているのかね？」

守りが厳重なのを見て、九千坊がそう見当を付けた時、猿達が襲いかかってくる。九千坊は二匹の牙《きば》を避《よ》け、投げ飛ばし、青茶を素早く背に庇《かば》った。

しかし、九千坊の動きに慣れていない杉戸が側から離れ、蔵の前で猿に囲まれてしまう。杉戸とて、禰々子の一の手下だろうが、何しろ相手は河童が酷《ひど》く苦手とする猿なのだ。しかも猿達は、蔵にどうやって入っていたのか悩む程、数が多かった。

「杉戸さんっ、おれの側へ来い。早く」

「親分さん、そのっ、あたしも行きたいんですが」

しかし杉戸は猿の牙に阻《はば》まれ、近寄って来られない。九千坊はじれ、素早く手を伸ばすと杉戸の着物を摑み、引っ張った。

ところがそこへ、大きな猿が伸しかかったものだから、着物が破れて杉戸が転ぶ。更に別の猿が飛び乗って、杉戸の喉笛《のどぶえ》を牙で狙《ねら》った。

「ひやあああっ、死ぬっ」

耳をつんざくような悲鳴が、佐山の屋敷内に鋭く響いた。

5

悲鳴が響いた直後、何故だか杉戸は大猿から逃れて、庭に転がっていた。

九千坊が表へ出てその身を拾った時、杉戸は大きく目を見開き、自分を助けてくれた者を見つめていた。

その者の名を叫んだ。

「ひえっ、禰々子姉さんっ」

禰々子はどう見ても、起きたばかりのようで、酷く……恐ろしく不機嫌に見えた。

「禰々子が逃げたぞっ」

その時、猿が人の言葉で喋ると、禰々子はその大声が気に障《さわ》ったらしく、猿を捕らえ背をどつく。すると猿の口から、ぽんと青いものがこぼれ出て、土蔵前の岩に落ち、あっという間に割れて消えた。杉戸が震え、泣き言を言い出した。

「ああ、どうしましょう。姉さん、突然起こされたんで、怒ってます。あ、あたしの悲鳴で、起こしちまったみたいです」

以前、禰々子が突然起きたのも、ある手下故《ゆえ》であった。人に捕まり、見世物にされかけたあげく、泣きわめいたのだ。

あのとき禰々子は、阿漕《あこぎ》な見世物小屋の主らを、荷と一緒に、全員利根川へ放り込んだ。それから関八州の見世物小屋を全《すべ》てぶち壊し、一時《いっとき》見世物小屋が、東国から消え失《う》せたと言われる事になった。

「もっとも見世物小屋ってぇのは、薦垂《こもだ》れの簡単な作りなんで。あっという間に、元に戻ったって事ですが」

禰々子は次に、間抜けをして人に捕まった河童へ、それは恐ろしい雷を落とした。

それから修行が足りないと言い、河童を知り合いの天狗《てんぐ》へ預けたのだ。

「その河童は水もない山で、何日も天狗にしごかれたって話です」

自分の場合は、これからどうなるのだろう。杉戸河童が顔色を変えた時、ぼこんと、柔らかいものを殴る音が続いた。

「あ……青玉が消えてゆく」

九千坊が目を見張る前で、禰々子は猿をどやすのが面白くなったのか、風のように辺りを駆け巡り、猿を伸していっていた。青い玉が口から出て、ぱりんと割れ、猿達の野心と身の丈に合わない夢が、儚《はかな》く失せていく。

禰々子はついでに、何人か現れた佐山の兵も倒し、蔵の周りは程なく静かになった。

しかし今日の禰々子が、それくらいで収まる筈もない。次はどこを攻めるつもりか、剣呑《けんのん》な目つきになった後、禰々子はその眼差《まなざ》しを突然、杉戸河童へと向けてきた。

「杉戸、あんな声を出すたぁ、何があったんだい？　死ぬって言った割には、まだ死んじゃいないみたいだけどね」

　悲鳴をあげたのは杉戸だから、きちんと答えねばならない筈であった。だが一の手下は今、震え上がっており、答えられずにいる。ここで九千坊はふっと笑うと、杉戸をちょいと横へやって、禰々子の前へと歩んで行った。

　杉戸が不機嫌な禰々子を、怖がる気持ちは分かる。今、禰々子の総身からは、剣呑な火花が四方へ散っているように見えるのだ。近づくと、己が焼けてしまいそうに思える代物《しろもの》であった。

　しかし九千坊はそれを見つつ、とにかく柔らかな声で、己は九州の河童達をまとめる者だと名乗ってみた。そして、一層怖い顔つきになった禰々子に、笑いかける。

「姉さん、強いね。凄《すご》いねえ。日の本の大名を全て伸しちまうと、杉戸さんが心配してた筈だよ」

「あたしがものを問うて、答えろと言ったのは、手下の杉戸だ。あんたは黙ってな」

　禰々子は、大いに冷たい眼差しを九千坊へ向けると、退いていろと顎《あご》を横へ振る。

退かなければ腕を一振りして、九千坊を、小田原の海にまで投げ飛ばす気だと分かった。

しかし、だ。ここで禰々子に、大名達との戦いへなだれ込んで行かれては、九千坊が困ってしまう。箱根の山には、頭の帰りを待つ九千匹の河童達が待っている。九千坊は関八州の大親分禰々子と、急ぎ、連れてきた手下達の明日について、話し合わねばならないのだ。

（我ら九州の河童達は、このまま東の地に留まれるのか。それとも、他に選ぶ道があるのか）

よって九千坊は、引かなかった。

禰々子がさっと腕を振ってくる。九千坊は咄嗟《とっさ》に、その物騒な腕を摑《つか》んで止めた。びしっと辺りが震えるような音が短く響き、禰々子と九千坊は、腕を摑み合ったまま動けなくなった。

二人の強い視線が絡《から》む。

双方の腕に力が込められた。その内、互いを引き倒そうと、腕に力こぶが盛り上がる。河童の親分達二人は、とりあえずどちらもまだ、涼しそうな顔つきをしていた。しかし九千坊は久々に、全身の力を使って相手に対峙《たいじ》する事になった。

「こりゃあ……禰々子親分、強いね」

それでも九千坊が、一言口にする余裕が持てたのは、禰々子は河童の姿であったが、自分は人に化していたからだ。上背が大分違い、その分、力を込め易《やす》かった。

だが禰々子の方も、無理矢理起こされ癇癪を起こしている分、顔つきに気合いが入っている。二人は動けず、勝負はなかなか決着がつかない。大きな動きすら無いまま、九千坊は久々に戦う事を楽しみ始めた。

（こりゃいい。だが……長くなると、きついかな）

禰々子の背後を、一寸、杉戸の姿が横切って消える。多分青茶は今、九千坊の後ろにいるのだろう。手下達も、親分二人の戦いを前に、声を出す事すら控えているに違いない。

「禰々子親分は……今まで出会った中で、一番強い」

本心そう思ったゆえ、思わず正直につぶやいた。途端、わずかに九千坊の力が緩んで、一瞬押された。後ずさり、足が地面を掘る。だが息を止め力を込め直し、踏みとどまった。

そして。

そして、そのとき。

その真剣勝負が、突然邪魔されたのだ。河童の大親分同士が、一対一で、得物も使わず戦っているというのに、それを意に介さず邪魔した者どもがいたのだ。

　辺りに、大きな声が響いた。

「見ろ、蔵の前に、仲間達が倒れておるぞ。河童達がおる。あいつらを捕らえよ」

　集まってきた侍どもに向け、偉そうに言いつけた男は、お館《やかた》と呼ばれているから、北条の家臣、佐山に違いない。杉戸が急ぎ、あいつが猿達と謀《はか》って、寝ていた禰々子を、この小田原にまで攫《さら》ってきたのだと知らせた。

「お、だ、わ、ら？　ここは利根川の畔《ほとり》、いつもの屋敷じゃないのかい？」

九千坊と組んでいる禰々子の腕から、僅《わず》かに力が抜ける。すると止《よ》せばいいのに、佐山側の人と猿が、ここで禰々子を笑った。

「河童のおなごは、寝てばかりの阿呆《あほう》だと見える。己がどこにいるのかも、まだ分かっておらんぞ」

「命が惜しくば、おとなしく命乞いをしろ。そして河童の秘薬を、さっさと寄こせ」

「河童の秘薬？　何だ、そりゃ？」

　そういえばさっき、人の言葉を喋ってた猿がいて、口から玉を吐き出していたと、禰々子が眉間に皺を寄せる。どうやらその〝秘薬〟とやらを手に入れる為、休んでいた自分を、遠い土地に連れてきたと、承知したようであった。

「猿と人が欲の為に、ろくでもない事を、やらかしてるみたいだね」

禰々子が更に力を抜いたので、九千坊は思いきって、己から組んでいた手を離した。興せっかくの素晴らしい大勝負であったが、こうして他に割り込まれてしまっては、興が削《そ》がれ、もうどうしようもない。すると禰々子も押し返してくる事なく、そこで心躍る勝負は終わってしまった。

ただそうなると、親分二人は不満を募らせた。まずは禰々子の目が、剣呑に光る。

「この禰々子を攫った。寝るのを妨げた。おまけにその上、真っ当な勝負さえ邪魔をした」

杉戸から詳しい事情は聞いていないが、行いを見れば誰がろくでなしか、一目瞭然《いちもくりょうぜん》だと禰々子河童は言う。

そしてここに至って、九千坊も機嫌が悪くなってきた。久方ぶりに素晴らしい勝負が出来た途端、その一戦すら、勝手な猿と人に邪魔をされたのだ。

（おれは中国で飢えた日から、ずっと仲間を庇い、己を諌《いさ》めてきた）

倭国に来てからは、九千坊は一層、大人しくしていた。

（山一つ、壊しただけだものな）

今回、猿達が無法をしてきた時も、猿が苦手な仲間達の事を思い、とにかく引いて、東へと逃れた。九千の手下がいれば、中には弱い者も、仲間達から離れている者もいる。知恵の働く猿達が、そういう仲間から狙うだろう事は、容易に分かったからだ。

「だがね」

九千坊はそろそろ、我慢が嫌になっているのだ。それに、こうして仲間の河童達が東へ来てしまえば、九千坊が猿から逃げる理由など、もうない。後は仲間の居場所さえ定まれば、猿どもが清正公を巻き込んでいようと、一人九州へ戻り、戦う心づもりであった。

「まあ、今は小田原にいるんだ。遠くにいる忌々《いまいま》しい猿達は、まだ殴れないわな。でも、その仲間になった小田原の猿達に、遠慮はいらねえ」

猿の仲間になった人にも遠慮はしない。九千坊がそう言って、ぐいと拳を天へ突き上げると、それを目にした禰々子が笑った。

「あんた、九千坊さんだっけ。なかなか良い腕っ節をしてるよ」

ちゃんと九千坊の正体が分かっているらしく、同じ河童へそう言うのは、本当に久方ぶりだと禰々子は言う。九千坊は禰々子へ、話さねばならない事も、謝るべき事も、あれこれあると正直に言った。

ただ。

その前にと言って、蔵近くで二人を取り囲んでいる佐山達侍どもと、小田原の猿の残りを指さした。

「腹の立つこいつらを、先に、片付けちまわないかい？」

途端、佐山達と猿が、刀を構え迫ってきたので、禰々子は直《す》ぐに承知と言ってくる。

「急に起きた時は、少し暴れないと、気が晴れないからね。ああ九千坊さん、あんた、あたしと気が合うよ」

「そうかい？　綺麗な姉さんにそう言われると、嬉しいねえ」

杉戸と青茶が、顔を見合わせた。

「わあ、もう止められない。青茶さん、巻き込まれないように、ちょいと物陰へ避難していた方が、良さそうですよ」

「杉戸さん、うちの親分が誘っちまったようで、済みませんねえ」

「いえいえ、禰々子姉さんが先に、暴れたんですから」

落ち着いて話している二人が弱そうに見えたのか、猿達が杉戸らへまず、打ちかかろうとした。すると、それを見逃さなかった禰々子が、猿の背へ拳固《げんこ》を打ち込んだものだから、口からまた青玉が転げ落ちた。

それを見た九千坊が、侍の刀をへし折りながら、青玉が何かを禰々子へ話し出す。

「おや九千坊さん、あの玉は、親分のものだったのかい」

禰々子と九千坊は悠々と話しつつ、屋敷内の者達を、一人残さず片付けていった。

6

九州の猿と組んだ者が関八州からいなくなると、禰々子達は、九千坊と利根川近くの屋敷へ戻った。そして九千坊はようよう、これまでのいきさつを禰々子へ語り、手下である九千匹の河童をどうするか、禰々子へ相談する事が出来たのだ。

禰々子は事情を聞くと、皆で東に落ち着けばよいと、あっさり言ってくれた。

「まあ、東には川も多いし、婿《むこ》や嫁を欲しがってる河童も沢山いる。新しい血が入るのは、悪くないと思うけどね」

だがそれに、横から異を唱えた者もいた。何と利根川、坂東太郎で、九千坊が禰々子を綺麗だと褒めた事が、大いに気にくわなかったらしい。

「九千坊殿、あんたは九州の河童の、王なんだろう？」

ならば、九州を留守にすべきではない。何より、九州で勝手をしている猿達を、このまま放っておくべきではない。坂東太郎はそう言い張ったのだ。

「それはそうだ。だからおれは、まずは一人で九州に戻り、猿と、一戦交える気でいる」

九千坊は禰々子の屋敷内で、困ったように頭を掻《か》いた。

「手下達は猿が苦手だから、役に立ちそうもないしな」

小田原の佐山屋敷にいた猿は、数が少なかったし、ひとっ所にいたから、さっさと青玉を吐かせる事が出来た。だが、広い九州ではそうもいくまい。

「猿と青玉の件を早々に終えられるか、長く掛かるか、とんと分からない。そして清正公の誤解が解けるか、そいつも知れないんだ」

だから手下達は、東へ残していきたい。九千坊はそう頼んでみた。

だがその考えを聞くと、屋敷の外、利根川の畔に集まった九千坊の手下達が、一斉に異を唱えた。頭のみに苦労を押しつけ、たった一人で九州にやったら、河童達は余りに情けなくて、九千坊の手下を名乗ることが出来なくなるというのだ。

「頭が九州へ帰ると言うなら、皆はまた海を泳いでついて行きます」

禰々子が仕方ないねと言って笑う。

するとここで坂東太郎が、大いに親切な所を、禰々子の前で見せてきた。自分が、九千坊の悩みを終わらせるのに、力を貸そうと言ったのだ。

「九州には筑後川、つまりおれの弟である筑紫次郎がいる。そしてあいつの側には、水天宮の総本宮、水天宮様がおわすんだ」

　水天宮の宮司から、あの地の領主へ話を通してもらい、領地に住む許しをもらったらどうかと、坂東太郎は言い出した。そして九千匹の河童達は、まずは球磨川から筑後川に移って、水天宮様に守られ、落ち着けばいい。

「そうして手下達が落ち着いたら、九千坊殿は九州の猿達と勝負をして、奪われた青玉を、吐き出させたらいいのさ」

　猿達が秘薬を失い、人の言葉を話せなくなれば、その言葉が真《まこと》であったかどうか、いずれ清正公も疑うだろう。そうすれば河童への怒りは止み、いずれ昔のように、河童達は広く西の地で暮らしていけるようになる。坂東太郎はそう言うと、己の言葉に大いに頷《うなず》いた。

「それは……何ともありがたい申し出だが」

「決まりだな、九千坊殿。禰々子、この坂東太郎は、親切な男だろう？」

　九千坊は深く坂東太郎へ頭を下げ、河童達は九州の筑紫次郎に、世話になる事に決まった。

　事が決すると、久留米藩の許しを貰《もら》うまで、手下達は川で腹一杯魚を食べ、帰路に備える。一方九千坊は、禰々子と坂東太郎へ、今回世話になった礼として、河童の秘薬を贈った。その内には、あの虹色《にじいろ》の玉もあった。

「御身方二人はもう人の姿になれるみたいだから、使わないかね。だけど、他の色の玉を譲る事はあっても、虹色の玉だけは、簡単には余所《よそ》へ渡さないで欲しい。とんでもない事に、なりそうだからね」

「承知だ」

「関八州から戻って我らが落ち着いたら、一度九州にも、おいでになって下さい」

　九千坊達が西の地へ戻り、何年か経《た》つと、猿が人の言葉を話すという噂《うわさ》も、煙のように消えていった。河童達は筑後川へ落ち着いた後、恩義を感じた水天宮様の使いとして、お役に立つようになった。

　やがて九州のあちこちへ河童は戻って行き、九千坊はまた、暇を抱える日を得た。だが九千坊は、やるべき勤めが出来た為か、もう〝千欠け〟と言われても気にしない。少なくとも、そう言うことくらい、出来るようになっていた。

「十日より一日早く、十年より一年早く事を成せたら、いいじゃないか」

　落ち着いたら、来てくれと禰々子に言ったが、十年の区切りが来た時など、招いてみてはどうかと、青茶が言ってくる。すると九千坊は笑った。

「一つ欠けて、九年でおいで下さいと言ってみよう。そう、もう欠けているのは、気にならないからね」

禰々子はさっそく杉戸を連れ、人の姿でやってきたので、九千坊達は大いに祝い、山のように九州の酒を飲んだ。

すると、その宴《うたげ》の事がいつの間にか人へ知れたようで、じき、九千坊の名が付いた酒が、町で売られるようになったのには驚いた。

「この酒こそ、おれも飲まねばなるまいよ」

九千坊はそう言って、万から千欠けた我が名の付いた酒を買い、時々手下達と楽しむようになった。

かたみわけ

1

これは、長崎屋の若だんなを〝旦那《だんな》さん〟、などと呼ぶ人がいる、明日より、来月より、来年よりも先の、ある時の出来事だ。

ただ妖《あやかし》達は、ずっとずっと若だんなを、〝若だんな〟と、呼び続けている。

江戸には、〝妖退治〟で人々に知られてきた、二人の高僧がいた。

一人は寛永寺《かんえいじ》の寿真《じゅしん》と言い、その法力と、いかにも名僧という見てくれで、人々の尊崇を得ていた。

しかし寿真は先年の末、この世から去り、寛永寺の僧達や、多くの檀家《だんか》らを嘆かせた。

そしてもう一人、江戸で妖を御してきたのは、広徳寺《こうとくじ》の僧、寛朝《かんちょう》であった。こちらは、僧にしては金に強く、大いにいい加減な所もあったが、やはり法力は強かった。よって寿真に続き、翌年寛朝が亡《な》くなると、広徳寺の僧達は困り、檀家らは呆然《ぼうぜん》とし、江戸の危ない妖達は喜んで、勝手をし始めることになった。

もっとも、寿真には黒羽《くろは》という背の高い弟子が、寛朝には秋英《しゅうえい》という生真面目《きまじめ》な弟子がおり、両の寺は引き続き、この世の事とは思えない困りごとを引き受けた。よって江戸の皆は段々、落ち着きを取り戻していったのだ。

しかしそんな中、江戸には一人、気を休められない者が、確かにいた。

広徳寺で、寛朝から妖退治を引き継いだ秋英は、寛朝が亡くなって三月ほど経《た》ったある日、頭を抱え、長崎屋へ文を届けた。

そして秋英は、心配して寺へ来た長崎屋の皆に、直歳寮《しっすいりょう》で会った途端、さらに心配されてしまったのだ。

「秋英御坊、寛朝様の葬儀以来ですね。お元気でおられ……ないように見えますが、どうされました？」

猫又《ねこまた》のおしろが首を傾《かし》げると、長崎屋に馴染《なじ》みの他の妖達も、今や江戸の安泰を担《にな》っている僧へ、遠慮のない言葉を向ける。長崎屋は以前より、妖と縁が深かった。今では奉公人の中にも、怪しの者がいたりするのだ。

「秋英御坊、何故《なぜ》だろ。今日は、困り切った顔をしてないかい？」

屏風《びょうぶ》のぞきの言葉に、鈴彦姫《すずひこひめ》が眉尻《まゆじり》を下げる。

「屏風のぞきさん、困りごとがあるから、秋英御坊は長崎屋へ、文を下さったんですよ。それで、何に困ってるんですか？　寛朝様が亡くなったんで、お金が無くなっちやったんですか？」

寛朝より金集めが下手そうだからと、付喪神《つくもがみ》の鈴から言われ、秋英は、苦笑を浮かべるしかなかった。

「色々悩むことが多くてね。それで屏風のぞきさん、若だんなは今日……そうですか、お仕事で中山道《なかせんどう》へ他出中でしたか」

「仁吉《にきち》さんも、一緒に江戸から出ているんだ。だから今日は番頭の佐助《さすけ》さんも、長崎屋を離れる訳には、いかなかったんだよ」

病弱な若だんなが長崎屋を継いだ時、無理をさせず、この先も店を長くやっていくため、長崎屋と縁の深い妖達は、離れで話し合ったと事情を告げる。そしてこの先は、人ならぬ兄《にい》やの片方が必ず、若だんなと共にいると、皆は決めたらしい。

「店が忙しい日でも、付き合いがあっても、それだけは一に守る。そう誓ったんだ」

その後長崎屋は、主《あるじ》となった若だんなと妖達で、困る事なく商いを回している。余裕があるので、佐助は広徳寺から文が来ると、妖達を上野へ来させたらしい。それで屏風のぞきと金次《きんじ》だけでなく、おしろ、場久《ばきゅう》、鈴彦姫に小鬼らまで、ぞろぞろ顔を出す事になったわけだ。

「で、何用だい？　詳しい事は、秋英御坊の文には書いてなかったが」

わざわざ長崎屋を頼ったのだ。妖絡《がら》みかと金次に問われ、秋英は頷《うなず》いた。

「寛朝様亡き今、広徳寺には、妖と対峙《たいじ》出来る者が私の他におりません。申し訳ないが、長崎屋の皆さんを頼りたいんです」

「はて、秋英御坊がそうも困るなんて、珍しいねえ」

妖達の目が、秋英に集まった。

するとその時、直歳寮へ足音が近づいてきたので、秋英は話を一旦《いったん》止めた。長崎屋の皆が知らない小《こ》坊主《ぼうず》が、奥へ茶を運んできたので、秋英はまず、皆へ引き会わせたのだ。

「寛朝様が最後に得度させた者で、寛春《かんしゅん》と言います。覚えてやって下さい」

このたび、直歳寮を預かった秋英が、師僧に決まった。よって長崎屋の皆とは、これからも縁が出来そうなのだ。

「おや、名僧、寛朝様から一字頂いたのかい。先々、良き御坊になりそうだね。頑張るんだよ」

　金次は優しく言ってきたが、骸骨《がいこつ》のような見てくれが怖いのか、まだ子供の寛春は、身を小さくして頭を下げ、消え入りそうな声で名乗っている。部屋から出ていく弟子の後ろ姿を見て、秋英は一つ息を吐いた。

「寛朝様が亡くなった後、鳴家達が以前より騒ぐようになって」

　寺の小坊主達は、物音を怖がっているのだ。

「だが広徳寺には、もっと危うい妖も来ます。早く慣れて欲しいんですが」

　秋英は首を振ると、ここで話をようよう、用件に移した。

「寛朝様が亡くなってから、広徳寺の僧は、それは忙しい日々を過ごしております」

　寛朝は、寄進大歓迎で俗っぽく、寺には軽んじる僧もいたのだ。だが亡くなってみると、思ったより多くの用をこなしていたと、僧達は身に染みる事になった。

「師が亡くなったからといって、今まで広徳寺が引き受けていた件を、放り出す訳にもいきません。私一人でこなす事も出来ず、他の御坊らと用件を分け、何とかして参りました」

三月経って、ようよう毎日が落ち着いてきたと、秋英は思った。ところが。

「気がつくと思わぬ事が、起きていまして」

事の大本は寛朝の、〝形見分け〟であった。

「形見？　きゅんい？」

決まった寿命がない上に、自分のものを持つことの少ない妖達は、直歳寮の板間で、訳が分からないという顔をしている。

寛朝が亡くなって、二月は経たない頃、広徳寺では寛朝の持っていた硯《すずり》や墨、法衣などを分けた。名の知れた僧だが、持ち物はさほど多くなく、形見分けはあっさり終わったのだ。秋英は、そう考えていた。

「あら、違ったんですか？」

鈴彦姫が首を傾げている。

「その言い方、まるで形見がまた、湧《わ》いて出たみたいです」

秋英は、その通りだと口にした。

2

「ご存じの通り寛朝様は、妖退治で高名な方でした。それで広徳寺は、町家などには置けない怪しき品を、預かっていたんです」

付喪神になっており、夜な夜な、中から話し声が聞こえてくる屏風とか、勝手に動き出す根付けとか、怪異は色々あったらしい。秋英が、溜息《ためいき》を漏らした。

「寄進という形で受け取ったり、長く預かった後、持ち主が亡くなり、広徳寺が頂いたり。剣呑《けんのん》な品は、結構な数になっていました」

そもそも、並の者達が持つには危なっかしい品だから、寺が引き取ったのだ。寛朝の私物とは言えず、秋英は、余所《よそ》へ渡すことなど考えてもいなかった。

ところが、一番強い怪異の品々が、妙な事になっていた。

「実はですね、寛朝様は法力が強かった故《ゆえ》か、ご自身の信奉者を多く、抱えておいでだったんです。ええ、まるで信心でもするかのように、寛朝様を尊崇しておいでの方々が、結構おられました」

「あの寛朝様を、ですか。名僧というより、大商人《おおあきんど》のように見えるお方でしたけどねえ」

見た目が名僧そのものであった、寛永寺の寿真であれば分かるがと、おしろは真剣に悩んでいる。秋英が、小さく笑った。

「実はその信奉者方も、寛朝様の形見を欲しがりました」

そして彼らは寛朝を敬っていたので、日頃、寄進をたっぷりとしていた面々でもあった。

「きょんべ、きしん、お饅頭《まんじゅう》？」

「あ、どういう話の流れになったのか、分かった気がします」

場久が溜息と共に頷く。寛朝亡き後、寄進は減ってきたに違いない。そういう時に、寛朝が預かっていた品を、是非分けて欲しいと、寺は言われたのだ。渡せば、寄進をして貰《もら》えると思われた。

「御坊方は、これからの付き合いも考えたのでしょう」

秋英は、情けない思いと共に頷く。

「寛朝様の護符が貼《は》られていた幾つかの怪異を、形見ということで、渡してしまったんです」

しかしそれらの品は、騒ぎを起こし、寺へ来た品だ。行った先の家で、やはり派手に騒いでしまった。

「寛朝様を崇《あが》めておいでの方々は、広徳寺へ、大急ぎで怪しい品を返す事になったんですよ」

しかし、驚いた事は他にも起きた。寺に対して寄進を返せという声は、見事になかったのだ。

「きゅわわ？」

「不思議な事に信奉者の方々は、寛朝様が法力で押さえていた不可思議を目にし、それは満足されたんです」

自分だけが寛朝の成した神秘を、目の前で見た心持ちになったのだろう。その体験こそが、寛朝の形見となったのだ。

秋英は、品物が寺へ返ってほっとした。だが、また直《す》ぐ慌《あわ》てる事になった。

「実は、幾つか返ってこなかった品が、あったんです」

「戻すのを、嫌がった方がおられたんですか」

秋英が、首を横に振る。

「その……逃げた怪異がおりまして」

寛朝は、ことに危ない品には、強い護符を貼っていた。だが、寄進と引き換えに渡すとき、品物を見せる為《ため》、御坊が剝《は》がしたらしい。護符から逃れた妖の何人かは、町家へ連れて行かれた後、さっさと消えたのだ。

更に、その頃になって、気がついた事が出てきた。

「怪異を渡した時、直歳寮にいた鳴家達も、何匹か居なくなってたんです」

他の小鬼達が、怪異の箱辺りを探していたので、居ない事が今頃分かったのだ。秋英は、きっぱり口にした。

「小鬼を、連れ戻さねば。そして怪異も全部、寺へ戻さねばなりません。怪しい品を寄進に変えてしまった、寺の務めだと考えております」

「きゅい、皆、どこ？」

広徳寺の鳴家達が鳴き、首を傾げている。秋英は、勿論《もちろん》自分が、小鬼や怪異を探しに出ると言った。

「相手が怪異と分からないのでは、捕らえる事が出来ません。そして並の人に、小鬼を見る事は無理です。広徳寺の他の僧には、助力を頼めないんです」

しかし秋英一人で、消えた怪異全《すべ》てを取り戻すとなったら、いつになるか分からない。その間に怪異らが何をしでかすか、恐ろしかった。

「若だんなには、皆さんへ勝手な頼みをしたことを、後で謝ります。長崎屋の皆さん、怪異探しに、力を貸して頂けませんか」

妖達なら勿論、怪異に会えば、それと分かるからだ。

「寛朝様亡き後、私は一人では、力不足なんです。何とかお願いしたい」

長崎屋の面々は、顔を見合わせた後、秋英へあっさり頷いた。

「いいよ。まぁ、我らを寺へ寄越したってことは、佐助さんも、手伝いは承知なんだろう」

秋英はほっとし、頭《こうべ》を垂れる。

するとおしろが、自分達と一緒に動くなら、暫《しばら》くは長崎屋の裏の一軒家に、泊まるのも良いと言ってくる。そうすれば、佐助とも話が出来ると言われ、秋英は頷いた。

「分かりました。直歳寮は重鎮の延真《えんしん》御坊に、しばらくお願いしましょう」

秋英は早々に、延真へ後の事を頼みに行く。すると老僧は、大いに慌《あわ》てた。

「その、秋英殿、なるだけ早く、広徳寺に戻ってくれ。強い妖が持ち込まれたら、私では扱いかねる」

「手に余る怪異が来ましたら、その時は、寛永寺を頼るよう、相手へ伝えて頂きたい。黒羽御坊なら、大概の怪異は大丈夫ですから」

何しろ黒羽の正体は、得度した天狗《てんぐ》であった。延真は頷いたが、溜息を漏らしている。

秋英が、急いで出かける用意を始めると、広徳寺の小鬼が何匹か、袖《そで》内に飛び込んできた。長崎屋の小鬼と共に、きゅい、きゅわと鳴き出したので、寛朝がよくこうして、小鬼を連れていたのを思い出す。

秋英は妖達と共に、広徳寺を離れた。

3

両側とも寺ばかりの、上野の道を歩きつつ、秋英は長崎屋の皆へ、もう一度礼を言った。今回探すのは、広徳寺の寛朝に預けなければならない程、気合い入りの危ない者達であったからだ。

「そういう怪異探しに力を貸してもらえるとは、本当にありがたいことです。亡き師も、きっと喜んでおります」

すると、横にいた屏風のぞきが笑って、手を横に振った。

「若だんなの為だから、気にすんな。帰ってきた時、怪異が暴れてたら、きっと心配するからな。自分も探すって言い出すと思う」

だから、先に妖達が探しておかねばと、付喪神は言ったのだ。すると場久も、笑いながら言い足してくる。

「うっかり若だんなが探しに出たら、次の日、外出の疲れが出て、寝込みますからねえ」

「熱が出て、おしろが看病することになります」

「ひゃひゃっ、仁吉さん特製の苦い薬を、若だんなは飲むわけだ。寝込んで、この金次と碁を打てなくなるな」

しかも若だんなは、皆が働いているのに自分だけ寝ていてはいけないと生真面目に考え、場久に、夢内から怪異を探したいと言い出すかもしれない。

「そして場久も、兄やさん達から叱《しか》られるんです」

「きゅいきゅい、場久、正しい」

「だからね、秋英さん。怪異は探しとかなきゃ、駄目なんですよ」

「あの……助力は、江戸の安泰とか、世を安んじる為ではないんですね」

思わず、眉尻を下げて言うと、妖達は秋英を見て、揃《そろ》って笑う。

「なんだか、ご立派な事言うんだね。けどさ、輪廻《りんね》の輪に乗った寛朝様は、いちいち偉い事なんか、言わなかったぞ」

捨てられた子を養うのに要るから、金を欲しがった。身寄りのない者が亡くなったから、野辺送り代を集めた。本当に分かりやすかったと、屏風のぞきは言う。寛朝には、嘘《うそ》と無理がなかったのだ。

「だろ？」

「これはその……修行が足りぬことを言いました」

「今回若だんなは、中山道の方へ薬種を買い付けに行ってんだ。きっと、いつもと違う土産を、買ってきてくれる。働いた褒美《ほうび》はそれだ。秋英さんは、気にしなくてもいいよ」

「きゅんい、中山道のお菓子、食べる」

「あ、ありがとうございます」

秋英は、まだまだ妖のことを分かっていないと感じつつ、とにかく今は迷わず、消えた者を探すことにした。それで怪異について、歩きながら皆へ伝えていく。

「今回消えたのは、鳥の根付け、猫の絵が描かれた文鎮、美人絵の掛け軸、幽霊画、ビードロの金魚など六点です」

　途端、金次が首を傾げる。

「秋英さん、今、五つ分しか聞かなかった気がするが」

「はい、分かっているのは、五つだけなんです」

　しかし広徳寺の奥にある蔵からは、一から六までの木箱が無くなっている。なので、六つの妖を渡したのは確かなのだ。ただ、形見を渡した僧は、確か五つだったと言う。

その上、拙《まず》い事だと分かっていたからか、寄進を受けた者を、帳面に記していなかった。

皆で箱の名を思い出したが、やはり五つ分しか分からない。ある僧から、六つ目は〝失《う》せし怪異〟だとの考えが出たが、失せたからそう呼ばれたのか、元々の名なのか、はっきりしなかった。

「とりあえず六番は、〝失せし怪異〟と呼んでます。ただ、どんな品だったかも分からず、どこを探すべきかも知れません」

秋英は眉間《みけん》に皺《しわ》を寄せたが、妖達は、大して困った顔を見せない。神田川へ行き、舟を探そうと決めた後、金次は秋英へ目を向け、大丈夫だと暢気《のんき》に言ってきた。

「怪異が何回も騒ぎを起こしゃ、嫌でも居場所は分かるさ。つまり、寺へ連れ戻せる。ひゃひゃっ、妖を配った広徳寺の御坊は、困るかも知れないけどな」

泳いで川へ消えそうなビードロの金魚と、飛んで失せそうな鳥の根付け以外は、大丈夫だ。金次がそう言葉を結ぶと、鈴彦姫が、怪異より、一緒に消えた小鬼達が気に掛かると言い出した。

「怪異が本性を取り戻したら、小鬼達は、怖がって逃げ出しそうです。でもその後、どこに居るんでしょう」

家を軋《きし》ませる妖は、家に居着くもの。野宿などは苦手なのだ。金次が道で、茶化すように言った。

「きっと大好物の、甘いものがある場所だな」

すると、貧乏神はふと真面目な顔になって、それが真実かも知れないと言い出した。

「秋英御坊、広徳寺近くに、寺へ甘味を納めてる菓子司があるかい？　あるんなら、その甘味屋、中を探しといた方が良いかもな」

もし菓子屋に鳴家が居たら、小鬼自身が、恐ろしい怪異に化けるかもしれない。菓子屋の菓子が、食い尽くされかねないのだ。

「きゅべ金次、われもお菓子食べたい」

「まあ大変。寺のお供え物が、無くなっちゃいそうです」

秋英が、幾つかの店の名と場所を口にすると、全員の足が止まった。通り過ぎてきた方へ目を向け、屏風のぞきが溜息を漏らした。

「参った、この辺は菓子屋が多いんだな」

お参りに来る人が買うし、寺も買う。菓子屋を開くには、良い場所らしい。

「屏風のぞきさん、場久さん、鳴家達は、どこの店へ行ったと思いますか？」

秋英から問われ、二人は唸《うな》っている。今回は他の怪異が関わっているから、小鬼がどちらへ向かったか、分からない。

仕方がないと、秋英が事を決めた。

「戻りましょう。近い菓子屋から寄ってく事にします」

そして店へ入ったら、鳴家達に、して欲しい事があると告げる。

「仲間の小鬼の気配がしないか、確かめてください」

袖の内にいた小鬼達は、屏風のぞきから頼まれ、大きく胸を反らした。それから、店で、幾つでも菓子を食べる事が出来ると言い、小鬼は役に立つと、嬉《うれ》しげに続けたのだ。

ところが。菓子屋を回り出すと、事は思ってもいなかった方へ向かった。甘い香りを辿《たど》った先で秋英が見たのは、機嫌良さそうに笑っているのに、総身が震えてくるような顔であった。

一行が寄った最初の菓子司梅鉢屋《うめばちや》に、鳴家はいなかった。菓子も食い尽くされていない。

次の菓子司山吹屋《やまぶきや》にも、小鬼の影はなく、羊羹《ようかん》も大福も無事だった。

その後、三つの菓子屋を過ぎ、一番寺に近い阿月屋《あづきや》へ入ると、小鬼が袖から顔を出してきた。よって秋英達は、店のあちこちへ目を向けた。

（ここ、微《かす》かに、妙なものを感じないか？）

ただ、阿月屋の菓子は無事だったので、思い過ごしかと秋英が思った時、菓子屋の主が、気になることを言ってくる。

「今日は先刻から、気味の悪い風が吹いてるんですよ。嫌なことで」

北からの風だと言われ、皆は頷き、その風の元を探るべく店を出た。すると、近くには川などないのに、重い流れの音まで聞こえてくると、皆は言い合った。

そしてもう一軒寄った後、菓子屋の宛《あ》てが無くなった。気がつくと、皆は広徳寺の側《そば》まで戻っていたのだ。寺町の道に立ちすくみ、行く方を定められなくなった。

「小鬼、菓子屋には居なかったですね」

「気になる風は、吹き続けているのに」

すると鈴彦姫が急に、明るい声を上げた。

「思いつきました。もう一カ所、鳴家が居そうな所、ありました」

そこは風が吹いてくる、北の方にあるという。つまり。

「広徳寺の庫裡《くり》です。秋英御坊、小鬼達はお寺の台所に、居るんじゃないかしら」

「あっ……そこは考えてませんでした」

寺には、お供え物が山とある。広く、隠れる場所もある。小鬼達がとどまりそうな場所であった。

「確かめておきましょう。ついでに、気味の悪い風や、流れの元もはっきりさせたい」

全員、広徳寺へ戻ることになった。

4

三角屋根の下、庫裡へ入ると、不思議な程、僧が誰もいなかった。

「これは、どうしたことか。おや、直歳寮にいると、書き付けが置いてある」

秋英が、何があったのかと考え込んでいると、傍らから場久が声を上げた。

「いたっ。鳴家達が棚の上にいます。あの子らは、居なくなった鳴家なのかな？」

何しろ広徳寺は広いから、家を軋ませる妖、鳴家の数も多い。それで、直歳寮の鳴家が居なくなったことに、なかなか気がつかなかったのだ。

「きゅんげ？」

　秋英の袂《たもと》から、小鬼達が三匹ほど顔を出し、仲間を見つめている。やがてうん、うんと頷いたから、どうやら行方知れずの小鬼を、見つけたと分かった。

　だが、しかし。秋英は、首を捻《ひね》る。

「今、庫裡には菓子を、置いていないようです。菓子の木箱も出ていないから、小鬼が食べてしまった様子もないし。なのにどうして、庫裡に居るんでしょうね」

　庫裡からなら小さな小鬼でも、直歳寮へ戻ることはたやすい筈《はず》であった。

「何で庫裡にいるのか。小鬼、ほら、帰りますよ」

　秋英は手を伸ばし、戻っておいでと小鬼達へ声を掛けた。ところが三匹は、棚の上で身を寄せあったまま、近寄ってこない。

「どうしたんでしょう、怖がっているように見えますが」

　途端、棚に乗っている三匹が、泣きそうな顔で言う。

「鳴家、地獄、行かない。怖い」

「地獄？　何、言い出すんだ、突然」

　屏風のぞきが驚いて問うたが、小鬼達はきゅべきゅべ鳴くばかりで、話にならない。

　二人はとりあえず小鬼達を、下ろそうとした。

　だが……一歩近づいた途端、秋英は頭から足まで、突き抜けるような寒気を感じ、寸《すん》の間《ま》動けなくなる。

（何か、いる）

隣で屏風のぞきが、身を強《こわ》ばらせたのが分かる。秋英は唇を噛《か》んで印を結ぶと、師僧から貰った守り袋を握りしめた。

（大丈夫だ）

身が軽くなったので、咄嗟《とっさ》に、隣で固まっている屏風のぞきの背を叩《たた》いた。妖は大きく息を吐き、ぐるりと首を回す。見れば金次が、立ちすくんだ鈴彦姫やおしろを、揺さぶっていた。

「おいっ……拙い、怖い、何だ、あれ」

屏風のぞきが声を上げたので、秋英は、隅にいた〝もの〟を見てしまい、思わず印を組み直した。

（今回、広徳寺から消えたのは、鳥の根付け、猫の絵が描かれた文鎮、美人絵の掛け軸、幽霊画、ビードロの金魚だ）

目の前に現れたのは、その内の、幽霊画に見えた。幽霊の絵にしては珍しく、若い男であった。そして、昼間から現れたということは、幽霊が絵に取り憑《つ》いたものというより、幽霊画の付喪神なのだろうか。ふくらんだ袋を一つ、手にもっている。

（どちらにせよ、ただの幽霊画ではない。怪異と言われた者。持ち主のところから、さっさと逃げだし、好き勝手をしている妖だ）

己一人で、一気に調伏《ちょうぶく》出来る気がしなかった。さりとて、加勢を呼ぶことも出来ない。

（寛朝様も寿真様も、もういない。私や黒羽殿は、師僧を頼れないんだ）

秋英は、広徳寺の直歳寮を背負ってから、懐《ふところ》に、己で書いた護符を入れている。

（問題は……側にいるだけで、屏風のぞきが固まるような幽霊に、効くかどうかだ）

札を一枚手にした時、小鬼達がどうして影内へ逃げなかったのか、不意に分かった。

多分、幽霊画を封じていたものだろう、寛朝が書いたと思われる護符が、庫裡の床、影の上にあったのだ。

たまたま落ちたのか、小鬼達を逃さない気で床に落としたのか。どちらにせよ、妖退治で知られた寛朝の札があるのに、その部屋に現れ出るなど、並の怪異ではない。

だが、それでも秋英は己一人で、立ち向かうしかないのだ。

「ひゃあっ」

庫裡の下から、総身を冷やす風が吹き込んだからか、屏風のぞきが声を上げた。幽霊が、一歩近寄った気がしたが、まだ護符を貼り付けられる程、近くはない。

（触れられる程、あいつに近寄らなくては）

秋英が唇を噛みしめた、その時だ。

「笊《ざる》には籠目《かごめ》がある。古来より笊の作る目、六芒星《ろくぼうせい》は、魔を払うのさっ」

声と共に動いたのは、貧乏神金次であった。庫裡に伏せられていた笊を手に取ると、邪を払う魔除《まよ》けの目だと言い切って、幽霊に投げつけたのだ。

寺の巨大な笊は庫裡を飛び、いささか外れたあげく、鳴家達が乗った棚にぶつかって跳ねた。悲鳴が上がる中、更に飛んで天井を打ち、幽霊のいる薄暗がりへと向かう。

途端、幽霊が、にたっと笑った。

「うわっ」

場久が身を震わせる。

ただ、笊が壁に打ち付けた時、怪しい姿は、既に隅にはなかった。そこへ向け、もう一つ笊を抱えた貧乏神が、仁王立ちとなっている。

「あれが幽霊画か。ひゃひゃっ、幽霊が、おなごじゃないとは思わなかったよ」

実際はともかく、売り物にする幽霊画には、ぞくりとするようなおなごが、描かれているものであった。

「ま、とりあえず消えたし、小鬼達が戻って、良かったさ」

貧乏神でも神は神なのか。屏風のぞきのように、固まって動けなくなることもなく、金次は笑っている。一方屏風のぞきは、大きく息を吐いた後、小鬼達へ袖を見せた。

「小鬼っ、また妙なのが出ない内に、あたしらの袂へ入んなっ」

三匹は必死に降りてくると、皆の袂へ飛び込む。秋英は辺りを確かめ、怪異が去ったのを知ると、袖の内へ入って来た鳴家の頭を撫《な》でた。

「もう大丈夫だからね。幽霊に会って、怖かったね」

「きゅい」

だが、うん、うんと頷いた後、ここで小鬼は思わぬ事を、口にしてきたのだ。

「われ、地獄へ落とすって言われた。きゅべ、あいつ、怖い」

「地獄って、どういうことだい？　殺すって言われたのとは、違う気がするが……」

魂消《たまげ》ていると、他の鳴家二匹も袖から顔を出し、頷いている。秋英は幽霊が消えた壁の方を向き、しばし黙り込むしかなかった。

5

直歳寮の鳴家達を住処《すみか》へ戻し、そして寺に幽霊が出たことを告げようと、秋英達は一旦、延真の元へ向かった。

すると、一行が寮に行き着いた時、寺内では僧達が何時《いつ》になく、走り回っていたのだ。

「何と、こちらでも何か起きたのか」

とにかく直歳寮へ入り、鳴家三匹を板間に下ろすと、わらわら現れてきた仲間達に加わり、遊び始めたのでほっとする。思わぬ怪異と出会い、一休みしたい所ではあったが、まず延真に会いたいと、廊下で出会った僧を使いに出す。

寺が騒がしい事情も、問いたかった。そうしていると、当の御坊が蒼《あお》い顔をして、直歳寮へ現れた。

「秋英殿、大変だ。大事が起きた」

「延真様、こちらにも怪異が現れたのですか？　幽霊ですか？」

「幽霊？　いや、そんなものは現れておらぬ。反対だ。居なくなった」

「あの、鳴家達なら戻ってきましたが」

小鬼達は部屋の梁《はり》に集まり、下を見下ろしている。しかし、延真は違うと言ってきた。

「小鬼ではない。僧が居なくなったのだ。寛春だ」

「寛春って、今日、挨拶《あいさつ》を貰った、あの小坊主さんかい？」

屏風のぞきが、戸惑う顔を向けてくる。

「我らが出かけるちょいと前まで、寺にいたじゃないか。広徳寺は広いし、他の坊さんが、用でも頼んだんじゃないのかい？」

妖は、誠にもっともな考えを口にしたが、延真は、きっぱりと首を横に振る。

「わしは、秋英殿から直歳寮を預かったのだ。よって今回の件を、書き記しておこうと思ってな。寛春に、墨を擦ってもらっていた」

寛春は、水滴から硯に水を注ぎ、傍らの文机《ふづくえ》で墨を擦り始めた。延真は少し離れた文机で、紙など用意していたが、ちゃんと微かな音を聞き、墨の香を嗅《か》いでいたのだ。

ところが。

「気づくと音が止まっていたので、わしは寛春の方を見たのだ。そうしたら」

寛春はいつの間にか、部屋から居なくなっていた。硯の上に擦っていた墨が、乗ったままになっていた。

「奇妙な気がして、わしは寛春を呼んだが、答えはない。直歳寮を巡ってみたが、いない。他の僧達に行方を聞き、探してもらっているが、まだ見つかっておらん」

大勢の僧達が、寛春が行きそうな所へ、足を運んだのにだ。小坊主は、寺から消えてしまったようであった。

「どうしてだ？　寛春は、言いつけられたことを、途中で放り出すような子ではない。しかも、この広い広徳寺の中から、一寸で消えてしまうとは。何があったのか」

頭を抱える延真を見て、秋英は声が出ない。

「おいおい、広徳寺にはさっき、幽霊画の幽霊が現れたよな？　小坊主さんが消えたのと、もしや関係があるのか？」

「幽霊画の幽霊？」

直歳寮の隅にいた屏風のぞきへ、延真が顔を向けてくる。するとここで、思いがけない所から、返答が降って来たのだ。天井の隅から、下を見てきた鳴家が、不意に、誰かが、怪異の中に入れられたのだと言い出した。

「きゅわ、われ、見てた」

「怪異の、中？」

秋英も延真も、長崎屋の妖達も、目を見張って声のする方を見上げる。

「きゅい、鳴家も入れられた。怪異の袋。袋に三匹、入った」

すると遊んでいた、当の鳴家達が寄ってきて、袋の中は真っ暗だったと言い出した。

「小鬼、怖かった。で、袋の端に摑《つか》まってた」

袋は奇妙に大きく、暗く、小鬼には、抜け出すことも破ることも無理だった。そもそも、小さな袋に見えたのに、鳴家には中が、恐ろしく広く思えたのも、不思議だったらしい。袋の底から、それは気味の悪い風が、吹き上がってきていた。

「ぎゅべ、幽霊、外で笑ってた。風、〝地獄〟の風だって言った」

「地獄？　となるとさっき、聞こえていた流れの元は、三途《さんず》の川なのかい？」

場久が顔を引きつらせる。

幽霊は元から広徳寺にいたと、小鬼は足元近くで言葉を続ける。最初、箱は封じられていたから、小鬼は怖くなかったのだ。

ところがある日、護符が寺で剝がされると、怪異はあっさり箱から出て、隣の箱に入っていた袋を、摑《つか》み出した。そして、広徳寺の鳴家をその中へ詰めると、元の箱にもう一つの箱を入れ、そのまま、信奉者の店へ運ばれたのだ。その後幽霊は商家を逃れ、町へ出たらしい。

「六つ目の箱！　〝失せし怪異〟というやつだね。五つ目の箱の中に入って、表へ出たのか」

屛風のぞきが声を上げ、直歳寮にいた皆が、揃って目を見張る。小鬼は、きゅい、きゅわ、更に語った。

「町で幽霊、不機嫌だった」

そしてじき、何故だか鳴家では駄目だと言い出した。小さすぎるからだと、幽霊は、腹を立てていたらしい。

「きゅわ、何で？」

その内幽霊は、どこかでいきなり袋を逆さまにして、小鬼達を放り出したのだ。幽霊が去ると、鳴家達は放たれた建物の天井へ、死に物狂いで逃げた。すると。

「きゅんい、いつもの匂《にお》い、した。広徳寺だった」

庫裡の隅に隠れて、小鬼達は、ほっとしたのだ。ところが幽霊は、寺から直《す》ぐに離れなかったようで、地獄の恐ろしい風が、庫裡へ吹いてきたと思ったら、また現れた。幽霊の抱えていた袋は、またふくらんでいた。

「きゅんげ、寛朝様、どこ？」

小鬼達は、直歳寮へ帰る事も出来ずにいた。きゅい、きゅわと鳴いている内に、長崎屋の皆と秋英が、庫裡へ現れてきたのだ。

「幽霊、直ぐ消えた」

重そうだった袋も消えた。小鬼達は梁の上で、深く頷いている。

「袋へ何入れたの」

「そして広徳寺から消えた者がいる。つまり寛春は、今、袋の中にいるわけか」

秋英がつぶやき、延真が顔を顰《しか》める。

「幽霊が寛春を、怪異の袋に詰めたのなら、急に部屋から消えた訳も、分かる」

そして、もし本当に寛春が、奇妙な袋へ放り込まれたというなら、その身が危うかった。

「幽霊は、何をする気なのだ？　寛春は大丈夫なのか？　〝失せし怪異〟のことを、大急ぎで調べなくては」

地獄の風が吹く袋だという。子供がそこに一人でいるのを考え、秋英は唇を噛みしめる。

「どうやって、寛春を取り戻したらいいんだろう？」

立ち尽くすことになった。

6

延真には広徳寺で、〝失せし怪異〟について、調べて貰う事になった。

一方秋英達は長崎屋へ行き、佐助と話してみる事にした。長き時を渡ってきた犬神《いぬがみ》、佐助は、万物を知ると言われている白沢《はくたく》、仁吉ほどでは無くとも、物知りなのだ。離れに集い佐助を囲むと、妖《あやかし》達は、ほっとした顔になっている。佐助は、秋英やいつもの皆から話を聞くと、顔を顰めた。

「今回、仁吉が長崎屋へ残っていれば良かったな。いや、地獄からの風を吹かせる袋の事など、聞いたことはない」

しかし、と言うと、佐助はここで秋英の目を見てきた。

「地獄からの風が吹くと、妖の皆が感じたなら、それは、そのままが真実だと思う。本当に地獄と袋は、繋《つな》がっているはずだ」

それゆえに、一見ただの袋なのに、町家には置いておけず、広徳寺へ持ち込まれたのだ。佐助は何としても、そんなものは片付けねばならないと、きっぱり言い切った。

「若だんなが万一、そんな剣呑なものに行き当たったら、大変ですから」

「あの、やはり全ては、若だんなの為なんですね」

「勿論です」

溜息を漏らす訳にもいかず、秋英が困っていると、横で屏風のぞきが頭を掻《か》いた。

「しかし、広徳寺にそういう妖が集まってるとは思ってなかった。寛朝様は日々、小鬼と遊んでいるみたいに見えたのに」

　隣で場久も、しみじみ口にする。

「悩み事は、金の事ばかりだった気がしてました。ですがあの御坊は、本当に名僧だったんですねえ」

「きゅいきゅい」

　秋英は笑みを浮かべ、眉尻《まゆじり》を下げた。

「ですが、我が師は既におらず、私では力が及びません。佐助さん、皆さん、この先どういう手を打つべきか、考えがあったら教えて頂けませんか」

　佐助は優しげに頷《うなず》くと、まずは仁吉へ文を出し、〝失せし怪異〟のことや、その袋の使い方について、問い合わせておくと言ってくる。ただ若だんなや仁吉は、旅の途中だ。文が上手《うま》く届くか、心許《こころもと》ないと言う。

　よって佐助は一つ、やってみたいことを思いついたらしい。

「寛朝様が強い護符を貼ったのは、ことに強い品だけだったんですよね？　それらは寄進先の店から、さっさと居なくなった」

「ええ、強い護符が貼ってあったのは、鳥の根付け、猫の絵が描かれた文鎮、美人絵の掛け軸、幽霊画、〝失せし怪異〟の袋、ビードロの金魚だけです」

　鳥は飛び去り、金魚は泳いで消え、幽霊画の幽霊が、〝失せし怪異〟の袋を持ち出していた。佐助は頷くと、幽霊や、怪異の袋がどういう品であったか、他の怪異達を探し出し、聞いてみるべきだと告げた。

「そういう怪異は広徳寺で、同じ部屋に置かれていたのではと、思うのです。ああ、やはり蔵の、鍵《かぎ》の掛かる部屋に仕舞われていたんですか」

ならば、怪異を一番知るのは、同じ場にいた怪異達だろう。その怪異達も、いずれ捕らえねばならないから、そちらの行方を探すのは、良き方法の筈と言う。

「ただ、袋に捕らわれた寛春さんは、一に探さねばなりません。よって秋英御坊ご自身が、探す方がいいかと思います」

秋英は今、その法力で妖を封じることを、期待される立場なのだ。

「他の怪異達は、妖達が組んで、探しに行っておくれ」

「きゅい、鳴家、強い」

誰が何を追うかという話になり、おしろと鈴彦姫、場久と屏風のぞきの組に分かれる。それに小鬼達が加わり、野寺坊《のでらぼう》達や、河童《かっぱ》、猫又の知り合いなどにも助力を求めることにして、事は動き出した。

「妖一組で、二つくらいの怪異を、捕まえたいですね」

佐助は長崎屋を出られないし、若だんなはいない。そして幽霊は、地獄の風を吹かせるという袋を持っていた。

（私は一人で事に向き合うのか。少々心細いな）

秋英が情けなくも、そう考えてしまうと、妖組の方で声を上げなかった金次が、御坊に付いていくと言い出した。

「御坊も一人じゃ、動きづらかろ」

するとここで庭から、ふさふさの尾を持つ者が、顔を出してくる。

「話が、庭の稲荷《いなり》神社に聞こえてきました。守狐《もりぎつね》も、力をお貸ししましょう」

「おお、これは助かる」

佐助が笑みを浮かべ、気がつくと秋英の組には、貧乏神と妖狐の一匹も加わっていた。

「面白い顔ぶれになったもんだ」

「きゅい、鳴家がいないと、弱い」

小鬼があちこちの袂へ入ると、金があって困ることはないからと、佐助が皆へ、巾《きん》着《ちゃく》を持たせてくれる。さすがに金まで出してもらっては申し訳ないと、秋英は断ったのだが、金次は明るい声で心配するなと言った。

「この金、離れにいつも置いてあるやつさ。小鬼達が玩具《おもちゃ》にしてる」

それに減ったら、この貧乏神が精出して金を足しておくから、大丈夫だという。

「きゅい、お饅頭買って」

誰かを貧乏にするのだろうと考え、秋英は苦笑いを浮かべた。だが師の寛朝から、筋目を通そうとするばかりでは、駄目だと言われた事を思い出し、言葉を飲み込む。

「そういえば寛朝様と二人、怪異と向き合いに行った事、幾度もありました」

怪異がらみで、余人を頼めない程、剣呑な件となると、寛朝主従か、寛永寺の寿真主従が受け持つしかなかったからだ。

そして寛永寺も暇ではないから、余程困り切った時ではないと、泣き付きはしない。寛朝と二人で、妙な者と向き合うのは大変であったが、今考えると、今日のような不安を抱えはしなかったと、秋英は思い出した。

「あれ？　何でだろう」

貧乏神も長崎屋の化け狐も、弱い者ではなく、秋英には、もったいないような相棒だ。小鬼も、居てくれて嬉しい。

「なのに、何で」

今、こんなに己が心許なく、肩に重いものを乗せているように、感じてしまう訳が分からない。秋英が首を捻っていると、佐助が柔らかく笑ってきた。

「己が先頭に立つと、大変でしょう。寛朝様がいた頃と今は、きっと感じる重みが違いますよね？　しかし妖達がいると、かなり楽ですよ」

そして驚いたことに、寛朝も秋英がいたおかげで、大層楽だったに違いないと、佐助は言ったのだ。佐助は居場所が定まらず、旅をしていた事があり、何があったわけでもないのに全てが重かったと、言葉を足してきた。

「何故《なぜ》でしょうね、一人でこなすと、物事は、ぐっと重みを増すんですよ」

まるで負んぶお化けですと、佐助が笑みを浮かべつつ言う。だが冗談ではなく、佐助は本当に、そう感じていたというのだ。

「でも長崎屋の我らには、今、若だんながいます。ですから明日へ向かう事が、重くはありません」

若だんなと一緒にいて、話して、心配し、過ごしていく。若だんなのいる場所、離れが、妖達の居場所なのだ。若だんなが今、江戸におらずとも、誰も心細くはなかった。

「誰かが共にいると、軽くなるのだと、居場所が定まった後、知りました」

一方、秋英には僧として、一生を過ごす場、広徳寺が既にある。ならば、この先現れて欲しいものは、決まっていた。

「早く、お弟子が見つかるといいですね。日々、妖について語れるようなお人が」

寛朝と秋英が、二人で乗り越えてきたような毎日が、戻ってくれば楽になる。そう語られて、秋英は眉尻を下げた。

「それは……切に願っております。ですが寿真様とて、黒羽さんをお弟子にするまで、随分かかったと聞きました。簡単には、いかないでしょう」

広徳寺にも寛永寺にも、それは多くの僧がいるのだ。檀家《だんか》も参拝者も多い。寛朝も、もう一人でいい、妖の姿が見える弟子がいればと考えてくれていた。なのに。

「私が、僧以外の方で会った、妖が分かるお人は、若だんな、ただ一人なんです」

寿真の弟子黒羽すら、実は人ではなく、飛べなくなった天狗だ。妖が分かり、法力が使え、得度をして僧になってくれる誰かを弟子として得るのは、恐ろしいほど難しいことであった。

「それでも寛朝様とて、秋英御坊と出会われたではないですか」

いつか出会いがあり、肩も軽くなる筈だ。佐助に言われたが、秋英は直ぐに、頷くことが出来なかった。

7

怪異達を探しに出た、おしろと鈴彦姫の組は、まず舟で北の方へ行ってみることにした。賑《にぎ》やかな芝居小屋の連なる猿若町《さるわかちょう》や、両国の盛り場辺りへ探しに行ったのだ。

「寄進をして、怪異を譲り受けたご主人が、話してました。掛け軸の美人は逃げるとき、芝居を見に行くと言ったとか」

すると大して探さない内に、中村座近くの茶屋で、おしろ達は呆然《ぼうぜん》とする事になった。

二人は早々に、怪異、掛け軸の美人を探し当てたからだ。驚いた事に当の怪異は、床几《しょうぎ》の上で、さめざめと泣き続けていた。

美人は芝居を見ていた時、小屋の中で、自分の役者様がいないと泣き出したという。その泣き声が余りにうるさかったので、小屋の木戸番達からつまみ出されたのだ。それでも美人は美人、手荒な扱いは受けず、近くの茶店に連れて行かれたので、床几に座って泣き続けていたらしい。すると余りに目立ったので、怪異がいると小鬼が見つけ、おしろ達が傍らに立つ事になった。

「あのぉ、何を嘆き続けているんですか？」

鈴彦姫が試しに問うてみると、美女は昼間なのに、掛け軸の化身とは思えない確かな身を、妖達へ向けてきた。

「わたし、今日は久方ぶりに、芝居小屋へ来たんです。それはそれはそれは、嬉しかった。ええ、わたしは芝居を見ることが、他の何より好きで好きで好きで」

なのに、今日小屋へ入ったら、同じ名前なのに、違う役者が役を演じていたのだ。

美人は、身も世もなく泣いてしまったという。

(多分、この美人にとっては、芝居が全てなんですね。それで一枚絵に取り憑いて、この世に残ってしまったんだ)

鈴彦姫は得心した。

(けど、この見た目は凄《すご》い。綺麗《きれい》だってことじゃなくて、お天道《てんと》様の真下で見ても、人にしか見えないところが)

おそらく、怪しまれずに芝居を見るため、ここまではっきりとした、人の形を取るようになったのだ。その力は驚く程で、だからこそ他の怪異達同様、寛朝の護符を貼《は》られて、封じられたのだろう。

(おしろさん、この美人、一見並に見えるけど、芝居のことになったら、周りの言う

事なんか、聞かなそうですね）

（きっと凄い騒ぎを、起こしたことがあるのよ。さもなきゃあの寛朝様が、わざわざ封じて、護符を貼ったりしません。面倒くさがりの方でしたし）

　さてこれからどうしようかと、おしろ達は溜息《ためいき》をついた。美人が贔屓《ひいき》にしていた役者は、美人が封じられていた間に、多分もう、あの世へ行ってしまっているだろう。

「きゅい、美人、贔屓だった役者さん達、死んだの？」

　小鬼らが袖から顔を出し、遠慮もない言葉を、はっきりと言う。すると美人は突然、二人の妖を見つめ、もう必死の様子で言葉を重ねてきたのだ。

「わたしの好いた、あのお方。亡《な》くなったって言うんですか？　いつの間に？　病ですか？」

　二人は返答に困ってしまい、寸の間黙り込む。しかし美人は引かず、はっきり答えるまで、失せた怪異の事や、幽霊画の事など、話してくれるとも思えなかった。

　それで。おしろと鈴彦姫は話し合い、真っ当だと思える案を、美人へ勧めてみた。妖にとって、大いに当たり前の事だ。

「あのぉ、あたし達は、詳しいことを知らないんですよ。だから気になるなら、その役者さんの、跡を追ってみちゃどうですかね？」

「跡を追う？」

おしろの言葉に、美人が首を傾《かし》げる。鈴彦姫が、先を語った。

「つまり、役者さんがこの世にいたから、美人さんも、掛け軸に取っ憑いて、残ったんですよね？」

役者が輪廻の輪に乗ったのなら、美人もあの世へ追いかけなくては、離れてしまう。それでは辛《つら》かろうと言ったのだ。

驚いた事に、美人は直ぐに頷いた。

「良いことを、考えついてくれました。わたし、あのお方を追わなくては」

美人は、己が描かれている掛け軸を、懐から取り出すと、何とこの場で火を付けると言い出した。己を燃やすと言うその本気が、何とも恐ろしい。

「わぁっ、道の真ん中で絵に火を付けたら、大事《おおごと》になっちまいますよ」

鈴彦姫が、ちゃんと輪廻の輪に乗れるよう、御坊に燃やしてもらうからと約束をし、落ち着いてくれと美人を止める。

「御坊に導いて頂いた方が、間違いないと思うんです。ええ、あの世で役者さんを、追わねばなりませんから」

「まあ、それはそうですね」

もはや人の身を離れ、怪異と化しているからか、美人は己の姿に執着がない。とにかく、おしろが茶屋代を払い、三人でその場から離れた。

芝居小屋のある猿若町は、隅田《すみだ》川《がわ》から程近い。しかも川を下るとなれば、ぐっと早く長崎屋へ戻れる筈であった。

おしろと鈴彦姫は、舟の上で燃やしてもらっても構わないと言う美人を、押しとどめつつ、何とか他の怪異達の話を、舟の中で聞き出していく。

驚いた事に、封じられていた六つの怪異の中で、一に恐ろしいのはビードロの金魚だと、美人は言い切った。

屏風のぞきと場久、小鬼達は、舟で北へ向かったおしろ達とは違い、長崎屋から近い店を覗《のぞ》いて、怪異達を探すことにした。

「だってさ、鳥の根付けや、猫の絵が描かれた文鎮、美人絵の掛け軸、幽霊画なんかは、古道具屋辺りに潜みそうじゃないか」

ならば、日本橋から京橋へ至る、店が山と連なっている辺りを探すのが上策だと、二人の考えが一致した。屏風のぞき達は、小鬼を沢山連れ出し、屋根裏を回って、怪異の気配を摑んで来てくれと、頼んだのだ。

「団子か、大福を買ってやるから」

若だんながいない今、甘い物は不足がちであった。すると小鬼達は、強気に出る。

「鳴家は団子と大福、両方食べる！」

「……分かった、出かけた時、近くの三春屋《みはるや》で買う。約束だ」

「きゅんいー、勝利っ」

勿論《もちろん》、屏風のぞきや場久も、長崎屋の近くから、古道具屋を回っていった。大店《おおだな》も、もっと小さな店も、長崎屋の近所には山と集まっている。一日で回りきれる筈もなく、いきなり幽霊に会いたくも無かったから、屏風のぞきはゆるゆると、歩を進めていった。

「自分も付喪《つくも》神《がみ》なんだが、根付けや文鎮、掛け軸が行きたい店なんて、思いつかないねえ」

古道具屋は、新たに入り込むには、都合がいい所だと思う。しかしだ。

「店に本体を置いておくと、売られてしまわないか、心配になるからね。店へ帰ってきて己が残ってなかったら、どこへ売られたのか、探し回る事になる」

「なるほど、古道具屋に居ると、そういう心配が起きる訳ですね」

夢内に住まう場久は、感心しつつ、せっせと古道具の店を覗いていく。そういう店は、大きな通りの表店より、一本奥に入った場所の方が多く、二人は横道に逸《そ》れていった。

すると、暫《しばら》くの後。

「きょんぎゃー」

辺りを憚《はばか》らない声がして、鳴家達が何匹か、東から逃げてきたのだ。小鬼は、人には姿が見えない妖だから、町の者達は烏《からす》でも鳴いたのかと、空を見上げている。場久が、屋根で転んで落ちてきたのを、一匹受け止めると、妖二人を見つけた鳴家達が、大急ぎで道へ下りてくる。合わせて四匹が、二匹ずつ袖《そで》の内へ隠れたが、震えていた。

「おい、どうしたんだ？　幽霊にでも会って、袋へ詰められそうになったのか？」

「猫の怪異、居た。鳴家をぱくっと、食べようとしたっ」

大口を開け迫られたようで、余程怖かったのか泣きべそをかいている。小鬼は、猫の絵が描かれた文鎮を、見つけてしまったのだ。

「おい、場所を言ってくれ。怪異は、どの辺りにいたんだ？」

「きゅい、やだ。八丁堀に居るって言ったら、屏風のぞき、行く。それ、やだっ」

「なるほど、八丁堀に居たんだな」

何で、町方同心の組屋敷がある所へ、付喪神が向かったのか分からないと、屏風のぞきは首を捻る。すると場久は歩みつつ、自分は八丁堀に住む隠居達から呼ばれ、怪談を語った事があると口にした。

「あの辺りに住む八丁堀の旦那《だんな》方は、屋敷の土地を、かなりの部分貸しておいでなんですよ。同心が住んでる八丁堀で、泥棒に入ったり、暴れる輩《やから》はいない。借り手は多いみたいです」

だから結構、町家があるという。

「なるほど」

医者や易者とも、場久は八丁堀で会っていた。二人と小鬼達は、堀川に掛かった橋を渡り、大きな武家屋敷を過ぎた後、与力《よりき》同心の住まう辺りへ顔を見せる。

「おや本当だ。この辺りは道に面して、ずらっと町家になっているんだね」

そして、怪異達が八丁堀のどこに居るか、早々に分かった。鳥の鳴き声と、猫の唸《うな》り声が、ある町家の横手から、響いてきたからだ。

屏風のぞき達が声を頼りに駆けつけると、鷺《さぎ》のような鳥と、虎縞《とらじま》の猫が、店の土間で争っていた。傍目《はため》には、並の鳥や猫にしか見えないが、封じられていた怪異、鳥の根付けと、猫の文鎮だと分かる。何しろ町家の中で、もの凄い戦いを繰り広げていたからだ。

「あーっ。確かにこの二匹なら、鳴家くらい、ぱくっと喰いそうだな」

「きゅげっ、鳴家、こわいっ」

小鬼が震えて鳴いた途端、突然二匹が、妖達の方を向いた。そして、喰ってやろうというような、それは勇ましい目で、二人を見てきたのだ。

「おいおい、さすがは怪異というか、おれ達より随分と小さいのに、怖いじゃないか」

じりじりと迫ってくる二匹は、止まる気などなさそうだ。今にも飛びかかってきそうだと見て、場久が屏風のぞきの耳元に、小声で囁《ささや》いた。

「一旦《いったん》止まって下さい。そして飛びかかってきたら、後ろへ飛び逃げて」

後は悪夢を食べる貘《ばく》、場久が何とかするという。何しろ、他の手を考える余裕も無かったから、屏風のぞきは頷いた。

足を止めた途端、鳥と猫が、飛びかかってきた。

「きゅんげーっ」

「うわっ」

声と共に、屏風のぞきが飛び退《の》く。すると、何故だか屏風のぞきの影だけが土間に残った。そして、そこへ怪異らが降り立つと、影はまるで悪夢のように、二匹を飲み込んだのだ。

落ちる。影の中を落ち続けてゆく。

じき、黒一面の中へ消え、怪異達は見えなくなった。

「悪夢へ落ちると、出られなくなります。何しろ、悪夢ですから」

場久は、その影を手の内へ収めると、にやりと笑った。

8

秋英と金次、それに守狐の組は、幽霊画の幽霊と、〝失《う》せし怪異〟を追うことになった。

それでまず、幽霊画を譲られた先へ話を聞きに行き、その後、他の怪異が譲られた先も、順に回った。

だが、これという話は、摑めなかった。幽霊は、行く先を摑まれそうな場所へ、舞い戻ったりはしていなかった。

仕方なく、もう一度考えをまとめる為、広徳寺へ立ち戻る。すると延真御坊は忙しい上、今は寛春もいないからか、他の御坊達も余所《よそ》へ行っていて、直歳寮《しっすいりょう》はがらんとしていた。

「やれ、寛朝様がおわしたときは、あのお方一人がいるだけで、何か賑やかだったんだが」

金次の言葉に、秋英は頷きつつ、自分で茶を淹《い》れた。そして三人と小鬼達は、もう一度、幽霊の怪異をどこで、どのように探したらいいのか、話を重ねることになったのだ。

まず、秋英が口を開いた。

「幽霊は逃げた後、早々に、小鬼達を〝失せし怪異〟である袋へ入れ、攫《さら》ってます」

誰かを攫えば、取り戻そうと追ってくる者が現れる。ただ逃げるより余程目立って、しかも危うい事を、幽霊はわざわざやったのだ。

「なのにじき、小さすぎるからと、小鬼を袋から出してる。何故でしょう」

そして直ぐに広徳寺の小坊主《こぼうず》寛春が、消えていなくなった。金次が皆を見る。

「幽霊は、今度は寛春さんを、〝失せし怪異〟へ押し込んだんだろう」

さて、次々と袋へ入れ、何をする気なのか。金次がつぶやくと、守狐が、そろりと言い出した。

「あのぉ、地獄の風が吹く袋へ入れたんなら、地獄へ行かせたかったのでは？」

訳は、何か。

「自分の代わりに、かな？」

あの幽霊、地獄行き間違いなしのことを、死ぬ前にやったのだ。だが、何としても地獄へは行きたくない。それで定めから逃げ、気がついたら幽霊になっていたという所だろうと、守狐は言う。そして。

「地獄行きの袋が、そんな幽霊の傍らに現れたんです。誰かがあの幽霊を、そこへ押し込めに来たんじゃないでしょうか」

幽霊は、今も幽霊でいるから、一旦は怖い袋から逃れたわけだ。しかし、袋はこの世にまだあり、幽霊を求め続けている。

「それで幽霊は、己の代わりに、地獄へ行く者を、袋へ入れようとしたわけか」

金次は頷いた。

「守狐、つまりあの袋は、無くなった怪異の袋という意味で、〝失せし怪異〟と呼ばれてたんじゃない。あの袋に入れられると、地獄へ落ちこの世から失せる。だから、〝失せし怪異〟と呼ばれていたんじゃなかろうかね」

そんな恐ろしい袋からは、地獄の風が吹き出《い》で、三途の川が流れる音がする。あの袋を持っていられる者などおらず、巡り巡って、妖退治で知られる広徳寺へ収められたのだ。

金次は片眉を、ひゅいと引き上げた。

「あの小鬼達、よくその怪異の袋から、帰って来られたな。まあ鳴家でも、妖は妖だってことか」

一方秋英は言葉を失い、顔を引きつらせた。

「ということは……うちの寛春は、どうなってしまったんでしょう」

もしや〝失せし怪異〟に押し込められ、地獄へ落ちて行ったのだろうか。まだ子供なのに、そんな目に遭ったというのか。

「とんでもないっ。寛朝様が最後に得度させた、弟子だというのに。そして広徳寺に、怪異が集まってくることは、分かっていたのに」

なのに秋英は直歳寮の主《あるじ》として、預かった小坊主を、守れなかったのだろうか。小さく、罪を犯したのでもないのに、地の底へやってしまったのか。

「そんなこと……許されない。私は、許されないことを、してしまって……」

目の前が揺らぎ、秋英は、薄暗がりへ落ちたように思えた。息をするのも怖くなって、辺りが揺らぎ出す。

（どうしよう、寛春がもう帰って来なかったら、何としよう）

恐ろしさに包まれ、体が揺れて止まらない。

（寛朝様、私ではとても、直歳寮を負えません）

「おい秋英さん、息をしなっ。まだ本当かどうか、分かっちゃいない。息をしなっ」

金次から呼ばれても、言葉が出ずにいた。辺りが更に暗くなり、悪夢にでも塡《は》まり、抜け出られない心地がする。そして。

その闇《やみ》の底から、急に誰かが現れ……秋英を思いきり突き飛ばしたのだ。

「ぎゃっ」

一緒に蹴《け》られた小鬼が悲鳴を上げ、二人で直歳寮の板壁まで転がると、体を打ち付ける。

「け、ほっ」

だがそれで、息をすることを思い出した。

すると、突然直歳寮へ現れ秋英に当たった屏風のぞきが、慌《あわ》てて秋英へ謝ってきた。

「済まん、悪夢の中から出るのに、慣れてないんだ。飛び出し蹴っちまった」

直ぐ後、悪夢から場久も現れてくる。そして、一緒に閉じ込めて連れてきた、怪異の猫と鳥が大喧嘩《おおげんか》をしていたので、余裕が無かったと謝った。

　すると金次が、悪夢の内へ手を突っ込み、猫の首根っこを押さえ込んだ。そして板間へ押しつけると、おしろのために、三味線にでもしてしまおうかと猫を脅す。

「怪異で出来た三味線を持ってたら、おしろさん、売れっ子になるかもしれないよ」

「みぎゃーっ、止《よ》せっ」

　猫が慌てた時、直歳寮へ出てきた鷺が笑ったので、小鬼達が山のようにとりついて、羽をむしり始める。こちらも悲鳴を上げたところで、場久は得意げに言った。

「秋英御坊、怪異達を、直ぐに封じますか？　それとも、何か聞いてから封じますか？」

「ぎゃっ、どっちみち封じるのか」

　怪異達が唸ると、秋英は、二匹へ迫った。そして、我が名に懸《か》けて約束すると誓う。

「幽霊の怪異が、この寺の小坊主を攫い、〝失せし怪異〟へ詰め込んだかも知れない。お前さん達が力を貸し、あの子を取り戻せたら、誓って逃がしてやる」

「幽霊の怪異？　ああ、封じられて、一緒の部屋に押し込められてた奴《やつ》か」

　鳥と猫は、幽霊の怪異は部屋内で一番、大した事のない奴だったと言ってくる。すると直歳寮に、広徳寺で封じられていた怪異の内、一に強いのは、ビードロの金魚だと、声が聞こえてきた。

　皆が、境内に目を向けると、どう見ても人ではない美人が、おしろ達と直歳寮へ入ってきていた。

「おや、掛け軸の美人ですか」

　守狐が目を見張ると、美人は僧である秋英へ目を向け、掛け軸からこの身を解き放ち、贔屓を追わせて欲しいと懇願してきた。

「その代わり、あの怖い袋について、知っていることを話します。そうすれば、お願い出来るんですよね？」

　秋英が直ぐ、きちんと供養すると請け合ったので、美人は直歳寮の板間に座ると、〝失せし怪異〟が現れた時の事を、皆へ語った。

「あの頃は、まだ広徳寺の奥の蔵に、わたしとあの幽霊しか、封じられてなかった。するとある日、地獄から鬼が現れてきたんですよ」

　まだ、行くべき所へ向かっていないものを、袋に詰め、地獄へ運びにきたのだ。

「いよいよ贔屓のお方から離れるのかと、わたし、泣き出しました、ですが鬼は、わたしは違うって言ってきたんですよ」

　何をやらかしてきたのか、鬼達が地獄へ連れて行こうとしたのは、幽霊の方だったのだ。

「鬼は、〝失せし怪異〟の袋を開け、ここから地獄へ行けると言い、幽霊を箱ごと入れようとしました。ですが法力が強かったのか、封じられた箱は入りませんでした」

ならばと箱を開けようとしたが、開かない。そうこうしている内に、寺の僧が駆けつけてきたので、鬼達は帰ってしまったのだ。

「でも諦《あきら》めずに、何度か広徳寺へ来ました。そのたびに鬼は、失敗して帰ってます」

広徳寺にあった〝失せし怪異〟は、何度目かに来た時、御坊の訪れに驚き、鬼が落としていったものだという。

「秋英さん、広徳寺には鬼が来てたのかい？」

「ええ、来てましたが……まさか幽霊画が目当てとは、思っていませんでした」

何しろ広徳寺では、境内をお獅子《しし》がうろつき、天狗《てんぐ》が酒を持って歩き、堂宇《どうう》を小鬼が駆け回っている。そこに鬼が増えても、驚きもしなかったのだ。

「まあ、そういうものなんですね」

長崎屋の面々は、あっさり頷いた。ここで美人が、怖いような笑みを浮かべる。

「幽霊画の幽霊は、地獄を怖がってました」

今回、護符を解かれたことを、一番迷惑に思ったのは、あの幽霊だろうと言う。だから箱から出た時、急ぎそばにあった〝失せし怪異〟を隠した。しかしそれだけでは安心できず、自分の代わりになるものを、袋へ入れようとしたのだ。

「あの幽霊、部屋にいた小鬼を、袋へ突っ込んでましたよ」

だが、地獄まで落ちていかなかったようで、いつまでも袋から、鳴き声が聞こえていた。それで幽霊は、役に立たない小鬼だと怒っていたという。

「ああ、それであの幽霊、小鬼達を袋から出したのか」

金次は頷くと、小鬼が助かったのならば、寛春も、〝失せし怪異〟へ入れられても、助かることもある筈《はず》と言った。小さくても、御坊なのだ。

「寛春さんは袋の中にいる。だが助かると思って、動いてみよう。若だんなだったら、きっとそう言うと思う」

妖達と、秋英、それに怪異達が頷く。皆は寛春を取り戻す為《ため》、話を重ねていった。

９

寛春が袋の中で生きているとしたら、まだ地獄へ、幽霊の代わりは行っていない。幽霊は、また鬼が来たらどうしようかと、焦《あせ》っている筈であった。だから。

「鬼が、広徳寺へまた来ると、噂《うわさ》を流します」

秋英が決めた。もちろん、人ならぬ者達の間に流すのだ。そして。

「その噂に、一言、足すんです。寛春を生きて袋から返してくれたら、鬼除《よ》けの護符を渡すって」

とにかく、やってみる事になった。長崎屋の妖達は、江戸の河童や猫又達にも手伝ってもらい、噂を広めまくったのだ。

「鬼が来るのは、十日後としました。三日じゃ幽霊に、噂が届かないかもしれない。余り先だと、寛春の身が心配ですから」

掛け軸の美人は、急ぎ跡を追いたいというので、早々に供養した。鳥の根付けと、猫の絵が描かれた文鎮が、鬼に引き渡される怪異の役を、引き受ける事になった。

「その代わり、今回の騒ぎが収まったら、お二人は調伏《ちょうぶく》されず、暮らしていける所へ行って頂きます」

秋英は、黒羽の仲間、天狗がいる深い山奥はどうかと勧めた。妖でも、生きやすい場所だと思われた。

すると鷺は、鳥として暮らすからと、直ぐに承知したが、猫は寂しいから嫌だと言い出した。

「まあ、いいさ。行き先が決まるまで、飼い猫の振りをして、この寺にいるから」

すると金次が笑って、広徳寺で無茶をしたら、また封じ込められるぞと脅す。

「幽霊を捕らえる為、これから広徳寺に、悪夢の影を仕掛ける。阿呆をするなら、お前さんも封じて、悪夢の中へ入れちまうぞ」

「みぎゃーっ、まだ何も、してなかろうが」

猫の怪異が吠《ほ》えると、小鬼達は怖がっているのに、猫をからかい始めた。

そして。

妖達が噂を広めてから、まだ二日目だというのに、広徳寺に、奇妙な風が吹き始めた。三日目、そこに川の流れのような音が重なると、秋英は目に涙を滲《にじ》ませる。

「きっと幽霊が、広徳寺へ近づいてきてるんです。つまり寛春と護符を、引き換えに来るんだ。生きてるって事ですよね」

寛春は、地獄へ落ちていないに違いない。まだ救えるのだ。長崎屋の妖達は、揃《そろ》って頷いた。

「秋英御坊、良かったな。袋に入れられた寛春さん、何でまだ生きてるのか、さっぱり分からないが、とにかく無事みたいだ」

ならば護符は用意するべきだが、あの幽霊をそのまま返すことはしない。場久が悪夢の罠《わな》を仕掛け、幽霊をそこへ落とし込んで、捕まえる事に決めた。

だがここに来て場久が、いささか心許ないことを言ってくる。

「私はちゃんと、あの幽霊を捕まえられるかな。鷺や猫の怪異の時は、いきなり嵌《は》めたんで、大丈夫でしたけど」

だが今回は幽霊も、それは用心して広徳寺へ来る筈であった。しかも寛春が中で生きているのなら、〝失せし怪異〟の袋は、傷つけないよう取り戻さねばならない。

「考えるほど、心配になってきました」

すると金次が場久の肩を叩《たた》き、言い渡した。

「出来ようが出来なかろうが、幽霊はじきに来る。やるしかないさ。ほら、嫌な風と、怖い流れの音がするだろう？」

余り腰が引けていると、うっかり自分が袋の中へ落ち、三途の川を流れる事になるぞと、金次は脅した。場久が益々《ますます》顔を引きつらせたので、秋英は妖に向き合い、自分が最後に、全《すべ》ての責任を負うからと言い切った。

「ですから、力を貸して下さい。頼りにしてます」

長崎屋の皆は頷いたが、ここで鈴彦姫が一つ、不思議が残ったと言い出した。ずっと首を傾げていたのだが、大事が起きていたので、問いかねていた事があると言うのだ。

「あら、なぁに？」

「おしろさん、掛け軸の美人はどうして、ビードロの金魚が一に強いって、言ったんでしょう」

怪異達の内には、飛ぶ鷺や、猫がいるのだ。なのに何故、怪異の中で金魚が強いのか、鈴彦姫にはどうしても分からない。

すると鷺や猫は、自分達にも分からないと言ってくる。

「互いに、戦った事がないんだ。ずっと封じられてたからね」

金次は、明るく言ってきた。

「この世には、謎《なぞ》が満ちてるもんさ。鈴彦姫、もしかしたらビードロの金魚の謎は、死ぬまで分からないかもな」

「すっきりしない話ですね」

そして三日目の夜が訪れてくると、事はいよいよ動いた。広徳寺の中は、地獄の風が満ちた場所と化し、大勢の僧が寝込むことになったのだ。更に、気味の悪い流れの音が一日中聞こえてきて、舟に乗ってもいないのに、酷《ひど》い船酔いのようになった。

「凄いですね。そういえば金次さん、三途の川って、どこから流れてきて、どこへ行き着くんでしょう」

「それも多分、一生分からない謎だな」

闇が夜を満たし、提灯《ちょうちん》の明かりが淡く点《とも》る頃、幽霊は突然現れてきた。

〝失せし怪異〟を掲げ、この袋が欲しければ先に護符を渡すよう、秋英へ言ってきたのだ。

「護符は庭へ放れ。おれは直歳寮へは行かないよ。駆け引きもしない」

言われた通りやらないなら、この場で袋へ、提灯の火を移すぞと脅してくる。

「中にいる小坊主を、取り戻したいんだろ？　一目会わせろって？　駄目だ。さっさと護符を寄越さないと、袋を燃やすぞ」

余人にやらせる訳にはいかない。秋英が護符を手に、幽霊へ近づいていく。

「投げろ」

言われた通りにした。だが、軽い紙一枚の護符は、どこからか吹いてくる地獄の風に舞って、幽霊の方へは行かず、戻ってくる。じれた幽霊は、今度はここまで持って来いと、秋英へ命じた。

そして。

手を伸ばせば届く程、怪異へ近づいた時、己が〝失せし怪異〟へ引き込まれる怖さを押し殺し、秋英は袋へ飛びついた。閉じていた紐《ひも》を、両の手で思い切り開けたのだ。

「寛春っ、いたっ」

袋の口近くにいた寛春が、必死の顔で、手をのばしてくる。秋英が、その手を強く摑《つか》むと、鬼除けの護符が舞い上がり、それを幽霊が摑み取る。

満面の笑みを見せた。

「ああ、これで助かった。おれは地獄へ行かなくていいんだ」

幽霊が境内に立ち、声、高らかに笑い出した。その傍らで、長崎屋の妖達は秋英に加勢し、寛春を怪しい袋から引っ張り出していく。

そして……そして……。

寛春の身が、ついに袋の口から抜け出た。

三途の川の水で、びしょ濡れになっている総身を受け止めた途端、秋英はもう大丈夫だと、何より先に寛春へ告げる。小坊主は目を大きく、一杯に見開いた後、死に物狂いの様子で、秋英へすがりついてきた。わめいた。

「死ぬっ、怖いっ、死ぬっ」

その怯《おび》える姿を、秋英は丸ごと抱えて支える。

「大丈夫だ。生きている限り、きっとこの秋英が寛春を支える。大丈夫だ！」

この時秋英は、己が支える側に回ったのだと、不思議な程はっきり、得心したのだ。

それを直ぐ近くから、幽霊が笑いながら見下ろしていた。

すると。

この時、境内にいた全ての者が、一斉に言葉を失い、動けなくなってしまった。皆の眼差《まなざ》しは、幽霊へ集まる。いや幽霊の側に転がっていた、〝失せし怪異〟へ向かっていた。

鈴彦姫の声だけが、皆へ届いた。

「何とまぁ……金魚、ですよね？　袋から出てきたのは」

総身で星明かりを跳ね返しつつ、袋の口から現れてきたのは、地獄の流れと、それは大きな金魚であった。ビードロで出来ており、赤と白の丸っこい、琉金《りゅうきん》のような姿をしている。それは袋から出て、上へ舞い上がり始めた。

いや、舞っていると言うより、余りに大きい金魚なので、立ち上がっているかのように見えた。出てきた袋は小さいのに、金魚はどんどん大きく化けていく。じき、大《おお》熊《くま》のごとき大きさになっていったのだ。

「く、熊じゃなくて、これ、金魚なんだよね？」

金魚はぎょろりとした目で、横にいた幽霊を見た。そして……問答無用の力強さで、がぶりと幽霊に食いつくと、透けている体だろうが、この世の者ではなかろうが、一切お構いなしに引きずり、袋から流れ出る三途の川へ、幽霊ごと飛び込んだのだ。

　水音が高く辺りへ響き、護符が幽霊の手から離れた。幽霊の悲鳴も物ともせず、ビードロの金魚と流れは、袋の内へ、あっという間に消えてゆく。

「ひ、ひえええっ」

　後には妖達と怪異二人、それに秋英、寛春が残っていた。秋英は、寛春を腕の内に抱えたまま、呆然と袋を見つめた。

「あの、どうやったら熊みたいな金魚が、袋の口から現れる事が、出来たんでしょう」

　訳は全く分からず、箱に入っていたビードロの金魚が、どうしてあそこまでの大きさになったのか、それもまた謎のままだ。

　しかしふっと、ここが境内だと思い出すと、秋英は懐《ふところ》から護符を山ほど取り出し、大急ぎで〝失せし怪異〟へ貼っていった。

　ほっと息を吐く頃、恐ろしき風が止まり、水音が聞こえなくなる。遠くから他の御坊達の足音が、近づいてくる事になった。

後日、若だんなが仁吉と離れへ帰ってくると、長崎屋の妖達は我先にと、今回の大騒ぎを語った。

そして一に、土産の菓子を貰《もら》い、二に、褒美《ほうび》の言葉を存分に告げられ、三に、若だんなと一緒に、それはたっぷり夕餉《ゆうげ》を食べることが出来たのだ。

於《お》りんも加わった夕餉は、一層楽しい気がしてくる。幽霊が、ちゃんと地獄へ行った事や、寛春が、広徳寺へ帰ってきた件を全部話したあと、妖達は一に大事な事を、若だんなや兄や達へ告げた。

「なぁ若だんな、一つ不思議に思わないかい。何で寛春さんが、ちゃんと戻って来られたかって事だが」

「きゅい、金次、それ、小鬼が話す」

「あのですね、思いもかけない話に、なったんですよ」

おしろが話を継ぐと、鈴彦姫が更に、その後を語った。

「あの寛春さんですが、妖を見る事が、出来る子だったんです」

それで寛朝が弟子として迎え、得度させていたのだ。最後の最後で、秋英を一人にしないよう、名僧は手を打っていた。

　しかし、その力ゆえに寛春は、広徳寺の直歳寮にいたとき、幽霊と目を合わせてしまった。目を付けられ、〝失せし怪異〟へ放り込まれてしまったのだ。

「でも、身に力があったから、袋にしがみついていられたんだな。良かったさ」

　金次が言うと、皆が頷いている。しかし、若だんなからの問いには、さっぱり答えられなかった。

「あの、ビードロの金魚が、どうして大きく、強かったのかって？　若だんな、それはあたしらには、分からないんだよ」

　すると、離れで輪になって飲み食いしている時、仁吉がふと思い出した。徳川の世が始まって間も無い頃、ビードロの金魚を一つ、売った事があると言うのだ。

「おぎん様がやっておいでの、店での事です。客人は……どこかの鬼だったと思います」

　売る方のおぎんは化け狐なのだ。互いにそ知らぬふりで、売り買いが済んだという。

「どこの鬼なのかは、分かりません。それに売った金魚も、掌《てのひら》に載る小さなものでした」

　まさかあの金魚が、三途の川で飼われ、大きく、凶暴になったわけでもあるまいと、仁吉は笑っている。妖達は一寸《ちょっと》目を見合わせ、金次が世の中、何があるか分からないねと口にした。

「いつか、誰かが真実を語ってくれないかね。済まん、若だんな、今日は分からないや」

屏風のぞきがいい加減だと言い、金次が、大して活躍しなかった者は黙ってろと言い、喧嘩になりかける。

ただ。今日は若だんながいたので、皆、そのいざこざすら楽しんでいた。そして中山道のお菓子を食べる頃には、喧嘩をしたことも、忘れていったのだ。

その後今度は、若だんな達の土産話を聞く事になる。菓子が出され、お大名のお姫様が街道を過ぎて行く話が始まり、於りん達が目を輝かせた。

初出一覧

長崎屋あれこれ　書き下ろし
はじめての使い　「yom yom」vol.51
またあおう　「小説新潮」二〇二〇年一月号「また会おう」改稿
一つ足りない　「yom yom」vol.41
かたみわけ　「小説新潮」二〇二一年十月号

本書は文庫オリジナル作品集です。

いっちばん

畠中恵著

病弱な若だんなが、大天狗に知恵比べを挑む！ 妖たちも競い合ってお江戸の町を奔走。火花散らす五つの勝負を描くシリーズ第七弾。

ころころ

畠中恵著

大変だ、若だんなが今度は失明だって!? 手がかりはどうやらある神様が握っているらしい。長崎屋を次々と災難が襲う急展開の第八弾。

ゆんでめて

畠中恵著

屏風のぞきが失踪！ 佐助より強いおなごが登場!? 不思議な縁でもう一つの未来に迷い込んだ若だんなの運命は。シリーズ第9弾。

やなりいなり

畠中恵著

若だんな、久々のときめき!? 町に蔓延する恋の病と、続々現れる疫神たちの謎。不思議で愉快な五話を収録したシリーズ第10弾。

ひなこまち

畠中恵著

謎の木札を手にした若だんな。以来、不思議な困りごとが次々と持ち込まれる。一太郎は、みんなを救えるのか？ シリーズ第11弾。

えどさがし

畠中恵著

時は江戸から明治へ。仁吉は銀座で若だんなを探していた――表題作ほか、お馴染みのキャラが大活躍する全五編。文庫オリジナル。

畠中恵著

たぶんねこ

大店の跡取り息子たちと、仕事の稼ぎを競うことになった若だんなだが……。一太郎と妖たちの成長がまぶしいシリーズ第12弾。

畠中恵著

すえずえ

若だんなのお嫁さんは誰に？　そんな中、仁吉と佐助はある決断を迫られる。一太郎と妖たちの未来が開ける、シリーズ第13弾。

畠中恵著

なりたい

若だんな、実は〇〇になりたかった!?　変わることを強く願う者たちが巻き起こす五つの騒動を描いた、大人気シリーズ第14弾。

畠中恵著

おおあたり

跡取りとして仕事をしたいのに病で叶わぬ一太郎は、不思議な薬を飲む。仁吉佐助の小僧時代の物語など五話を収録、めでたき第15弾。

畠中恵著

とるとだす

藤兵衛が倒れてしまい長崎屋の皆は大慌て！父の命を救うべく奮闘する若だんなに不思議な出来事が次々襲いかかる。シリーズ第16弾。

畠中恵著

むすびつき

若だんなは、だれの生まれ変わりなの？　金次との不思議な宿命、鈴彦姫の推理など、輪廻転生をめぐる5話を収録したシリーズ17弾。

小野不由美著

月の影　影の海（上・下）
—十二国記—

平凡な女子高生の日々は、見知らぬ異界へと連れ去られ一変した。苦難の旅を経て「生」への信念が迸る、シリーズ本編の幕開け。

小野不由美著

風の海　迷宮の岸
—十二国記—

神獣の麒麟が王を選ぶ十二国。幼い戴国《たいこく》の麒麟は、正しい王を玉座に据えることができるのか——『魔性の子』の謎が解き明かされる！

小野不由美著

東の海神　西の滄海
—十二国記—

王とは、民に幸福を約束するもの。しかし雁国に謀反が勃発した——この男こそが「王」と信じた麒麟の決断は過ちだったのか⁉

小野不由美著

風の万里　黎明の空（上・下）
—十二国記—

陽子は、慶国の玉座に就きながら役割を果たせず苦悩する。二人の少女もまた、泣いていた。いま、希望に向かい旅立つのだが——。

小野不由美著

丕《ひ》緒《しょ》の鳥
—十二国記—

書下ろし2編を含む12年ぶり待望の短編集！希望を信じ、己の役割を全うする覚悟を決めた名も無き男たちの生き様を描く4編を収録。

小野不由美著

図南の翼
—十二国記—

「この国を統べるのは、あたししかいない！」——先王が斃れて27年、王不在で荒廃する国を憂えて、わずか12歳の少女が王を目指す。

またあおう

新潮文庫　は-37-20

令和三年十二月一日発行

著者　畠《はたけ》中《なか》恵《めぐみ》

発行者　佐藤隆信

発行所　株式会社 新潮社

郵便番号　一六二—八七一一
東京都新宿区矢来町七一
電話　編集部(〇三)三二六六—五四四〇
読者係(〇三)三二六六—五一一一
https://www.shinchosha.co.jp

価格はカバーに表示してあります。

乱丁・落丁本は、ご面倒ですが小社読者係宛ご送付ください。送料小社負担にてお取替えいたします。

印刷・錦明印刷株式会社　製本・錦明印刷株式会社

ISBN978-4-10-146174-8　C0193